求 学 季

王方晨 李 铭 著

陕西新华出版传媒集团

太白文艺出版社

图书在版编目（CIP）数据

求学季 / 王方晨，李铭著. —西安：太白文艺出版社，2016.8（2022.1 重印）

（人生四季）

ISBN 978-7-5513-0967-7

I. ①求…　Ⅱ. ①王…　②李…　Ⅲ. ①纪实文学—中国—当代　Ⅳ. ① I25

中国版本图书馆 CIP 数据核字（2016）第 172312 号

求学季

QIUXUE JI

作　　者	王方晨　李　铭	
责任编辑	耿　英　周瑄璞	
整体设计	小　花　泽　海	
出版发行	陕西新华出版传媒集团	
	太　白　文　艺　出　版　社	
经　　销	新华书店	
印　　刷	三河市华东印刷有限公司	
开　　本	787mm×1092mm　1/16	
字　　数	188 千字	
印　　张	13.75	
版　　次	2016 年 8 月第 1 版　2022 年 1 月第 2 次印刷	
书　　号	ISBN 978-7-5513-0967-7	
定　　价	33.80 元	

联系电话：029-81206800

出版社地址：西安市曲江新区登高路 1388 号（邮编：710061）

营销中心电话：029-87277748　029-87217872

为了看阳光，我来到这个世界上

——中国当代教育现状调查

目 录

引言

　　为撰写此书，我于2015年4月某日上午，事先与山东省济南市教育局办公室取得了联系，说明来意，并留下了与本书编辑共同拟定的写作构思。下午，教育局某负责同志在他的办公室接受了我的采访。

　　我虽在济南工作和生活，但平时专注于写作，对济南市各部门的情况都不熟悉，但一见此人，不由暗想，果真是管教育的，衣着这么整洁，谈吐如此儒雅，哪像我，不管去哪里，都是一派休闲风格。又不禁想到，当年我在山东省金乡县实验小学任教，我的那个班差不多有七八十个学生，课桌摆满了教室，讲台两侧的课桌基本就贴着黑板，教学任务极为繁重，而且教师的社会地位也不尽如人意。一旦有机会脱离了学校，真是有了"鲤鱼脱却金钩去，摇头摆尾不再回"的感受。时隔三十年，教育上的专业词语简直忘光了，早就成了"非教育专业"人士。如果负责同志说起教育上的"行话"，我恐怕听不大懂呢。还好，负责同志基本按照那份儿写作构思，开始了我们的谈话。那份构思我也仔细看过，重点之一就是：

　　"上学难"。

　　入托难，上小学难，上中学难，上大学难……

　　但是，负责同志明确说明：

　　在济南上学，一点也不难。

　　我很吃惊。心想，现在社会发展了，我国教育状况非三十年前可比，教育行业也是极为热门的工作。我自己也不是没想过，如果我坚持从事教育，说不定成为名师，也挺荣耀的呢。当然这是我的一点私念。

另有一个私念。写这本书，首先是冲着"难"字而来。如果不"难"了，如何下笔？将来读者阅读此书，大约也正看在这个"难"字上。我承认教育所取得的巨大成绩，但也不至于好到此负责同志介绍的地步。显而易见，我的观念必须扭转。

负责同志说，如果你能廓清社会上人们对教育的许多不客观的认识，功莫大焉。

听到这话，我神情几乎庄重了起来。这可不是单纯写一本书的问题啊。对我来说，文字，历来就是责任和使命。

无独有偶。早在 2008 年，十一届全国人大代表、吉林省副省长陈晓光在接受人民网记者的采访时，就教育不公平、上学难、上学贵以及如何使老百姓满意等问题，就同样强调过：

"我国不存在上学难、上学贵。"

当记者问到"如何看待网友关心的教育不公平问题"时，陈晓光这样回答：对教育来说，老百姓要追求公平。公平是广义的、宏观的，这是一个广义的提法，教育公平包含有教育资源、受教育程度和师资力量的公平等。国家在教育公平方面做出了很多的努力。比如说国家在农村义务教育方面，做了一个农村远程教育网络，能够让农村孩子享受到城里孩子一样的教育，吉林省已经覆盖了 70%，马上就能达到 100% 了，但这样还没有达到让老百姓人人满意的状况。

记者继而提问，人民网调查表明，教育不公平会直接产生经济收入的不平等，您有何评论？

陈晓光：从政府的层面来看，保证政府提供的资源能够让每个人享受。家庭、社会是一个整体，每个家庭的经济条件不一样，所以每个家庭的孩子享受教育的程度就不一样。目前我们正处于由计划经济转向市场经济的过程中,如用计划经济手段强制让每个家庭的孩子都享受同样的教育是不现实的,所以我们应该允许短期内有差异化的存在。从政府的角度讲,尽全力做到公共资源公平合理地分配,使所有人享受公平、合理的公共资源。

那么,陈晓光对"上学难、上学贵"又有什么不同看法呢?

陈晓光则这样做出解释:现在老百姓所反映的"上学难、上学贵"的论调是不对的,我们从来没有过"上学难",也没有过"上学贵",我国也不存在"上学难、上学贵"的问题。因为所有的学生与家长,无论是上小学还是中学,都希望能享受到最优质的教学条件,但好的教育资源是有限的,所以应该说是"上好学难、上好学贵"。

这样的言论,与舆论显然存在着很大的差距。我不知道陈省长此言一出,当时的社会反响如何,有没有骂的,嘲讽的,不以为然的,但是,包括济南市教育局某负责同志所说的,我们都有必要多打几个问号,进一步了解、探究,让真相水落石出,然后探讨出解决问题的对策。

据陈省长介绍,过去的五年,全国财政在教育上的投入是以前五年的1.26倍,2007年最大的投入就是义务教育保障机制的完善。农村义务教育阶段的学生全都免除学杂费,免费提供农村义务教育阶段学生的教科书费,再有就是补助家庭困难的寄宿生的寄宿费。

国家投入很多,只是免除学杂费一项,针对吉林省232万农村义务教育阶段的学生,吉林省就投入了3.2亿元,国家投入了5.4亿元。另外,2008年吉林省城市54万义务教育阶段的学生也全部免除学杂费。据陈省长介绍,吉林省在教育方面的投入也是增加比例最大的,连续几年吉林省教育和科技投入增长的比例比其他领域都要高很多。

这次采访发生在2008年。时至今日,既然上学难的问题已经解决,或者像陈省长说的解决得这么好,为什么国内南北东西的舆论对此的反映还没有平息呢?——问题到底出在哪儿?

第一章　并不乐观的新闻背景

1．入托，也是个事

再过一会儿，西山就要爬到老太阳上去了。从外面往村里看，黄沌沌的；从村里往外看，也是黄沌沌的。了的身影，在远处那一团团翻卷如云的黄浊的光线里晃动着，时而清楚，时而模糊。她走过来了，在村口停住。

路旁断墙根下，有一堆老汉，其中一位面相最和善，了就问他，这是大栏庄吧？那老汉眼瞅着这姑娘年纪不大，扎着两根毛毛辫儿怪俊，呆呆的一时没反应过来。另一位老汉暗暗捅一捅他的腰，他才忙不迭地说，是是。

了已经走累了，她浑身松懈下来，把肩上的小包袱拿到胳膊底下夹着。党家在哪儿？她又问。

老汉们一起抬起手，朝村里的一个院落指，了就走过去。在她背后，老汉们压低了声音，咭咭呱呱地笑起来。狗屎橛子黑下又得跑马啦。姑娘耳朵里顺风溜进去了这么一句脏话。她的颊上一热，步子也加快了。

了直接来到党的屋门口，说，我得看看学校。

——王方晨《上学》

　　大山里一个叫了的女孩子，为了追求自己的读书梦，因家境贫寒，被迫嫁给山外的男子，但她提出了一个要求，即便出嫁，也要坚持上学。

　　在这样的一天，了一个人走出大山，来到山外的大栏庄，开始了她离奇的求学之路。这是我写于 1991 年的一个短篇小说。它跟作家刘醒龙的《凤凰琴》、赵冬苓的《上学路上》一起，都从不同的侧面反映了上学道路的曲折与艰难。"一大片阴影，从西边扫过来，天色变灰了。"现在我们重读这篇小说，仍旧如同小说对傍晚景色的描写一样，会给人一种缥缈幽远的感觉。

　　现实中，一个孩子出生，父母抚养到两岁半，就要考虑入托问题了。人生的难题也就从此一个个接踵而来。

　　每到儿童入园时节，我们都会发现很多地方的家长反映，小孩上幼儿园困难，有的家长甚至觉得比上大学还难。

　　与济南市教育局负责同志会谈后的某日下午，在有关人员陪同下，我来到位于济南东部的燕山新居小区幼儿园。

　　五年前的冬天，我刚调到济南，曾在这个新建小区住过半个月，对这个小区的总体印象比较一般。没想到的是，五年过去，小区面貌大大地改变了。也许是正当春天，处处红花绿树，焕然一新。

　　沿着小区内新铺的一条柏油路，来到幼儿园大门前，真是吃了一惊。我已经有十多年没有走近过幼儿园了，眼前的幼儿园建筑，不得不让人相信，时代真的是在飞速发展，社会已经发生了天翻地覆的变化。

　　入托难，入托难，这个在耳边响了很多年的声音，究竟还有多少现实意义？我不禁又想到这个问题。

　　但是，回来后查阅资料，多少的白纸黑字，多少的网页网站，都不缺少"入园难"的报道和分析。

　　这是现实，还是仅仅是过去；是虚幻，还是真实。

　　显然，需要我们耐心地回顾和甄别。

中国青年报社会调查中心曾通过题客调查网，对全国 31 个省（市、区）10400 人（其中 80 后占 56.7%，70 后占 28.6%）进行了一项调查，调查结果显示，78.5% 的人感觉周围存在幼儿园入园难的情况，其中 33.8% 的人说这个情况"很普遍"。

根据 2010 年 6 月 21 日人民网报道，北京、上海、广东、江西等地的幼儿园已经出现的入托难现象成为社会问题并引起关注。在北京，每到进入秋季入园的招生报名阶段，"入园难"问题就开始凸显。

报名登记阶段，北京一家私立幼儿园园长介绍说："我们只能容纳 180 个孩子，名额早已经报满了，现在我们只能给前来报名的家长登记排号。"在登记册上，2007 年出生的"金猪宝宝"已报了二百多名，2008 年出生的"奥运宝宝"有一百多名，就连 2009 年出生的也登记了三十多名。据当年北京晚报报道：全国人大代表、北京市人大常委会原副主任索连生透露：未来三年，北京市学前适龄儿童将达到 54 万人。如果按照全市幼儿园现有 8132 个幼儿园班级、每班 30 人的设置标准，还缺 9868 个班。

这年 8 月 17 日，中国广播网报道，幼儿园入园难将至少持续五年，入托难，难于上大学。北京，7 月里，正值幼儿园报名入学的高峰时段，可不论是公立园还是各类私立园，今年都把这项工作早早提前，有的在春季就完成了招生，有的甚至去年底就名额已满。同时，今年幼儿园出现了涨价潮，涨价幅度也是自己说了算，北京天通苑地区今年学前班甚至涨了 70%。家长对此只能一声叹息："入托难，难于上大学。"

一位家住北京朝阳区望京的徐女士，儿子快三岁了，也到了秋季入园的年龄。可是 2007 年出生的金猪宝宝太多，她家一个楼道六户人家就有五个金猪宝宝。为此，从去年下半年起，徐女士就开始作打算。

"但是，现在幼儿园普遍都是名额爆满价格普涨。公立园收费虽然相对较低，但赞助费从几千元到上十万不等，关键是公立园大多有户口限制，挤破头都难进。私立园出现了两极分化的现象，稍微有点儿名气的私立园越发

贵族化，每月收费动辄三四千、四五千，而且家长趋之若鹜，同时也出现了越来越多的低收费黑幼儿园。"徐女士告诉记者。

在成都，家住武侯祠附近的市民王女士也在为女儿的入园问题困扰。她的女儿到了上幼儿园的年龄，两周前，家人到选好的一所公办幼儿园报名时，却被告知名额已满，而条件较好、价格昂贵的民办幼儿园又让其望而却步。"以前幼儿园就在家门口，随时可以报名入园，现在提前两年都这么难进。好的民办幼儿园太贵，名额也太少。"王女士抱怨说。

在上海，市教委一位负责人告诉记者："上海的'金猪宝宝'们也有入园难现象。"

从 2010 年到 2015 年，又过去了五年，情况又是怎样呢？《北京晚报》2015 年 1 月 22 日：北京恐再次出现"入托难"！

报道称，单独二孩政策放开后，北京新生儿出生数每年将突破 5 万人。市人大代表、北京市第一幼儿园园长冯惠燕表示，入园问题刚刚得到一些缓解，要警惕出现第二次入托难。"北京存在教育资源不均衡的问题，公办园的压力永远这么大，我准备要提这个建议。"冯惠燕表示，北京的公办幼儿园其实只占总幼儿园数的三分之一，剩下三分之二都是民办园。不可能永远扩招下去，所有的房子都用上了，一个班也只有 30 个孩子的学位。

不可回避的是，"入园难"问题在全国不少省市都普遍存在。

我老家是辽宁省西部一个边远山区，我因为热爱创作被省艺术研究所破格录取。那是 2009 年的 10 月，我只身一人来到了沈阳，自己租房上班，工作，写作。我的女儿妮妮那时候两岁，我们双城生活，原因是沈阳的房子贵，幼儿园的入托费用也难以承担。

翻看我的空间日志，查到了那时候的两篇文字。一篇是我在上海戏剧学院参加全国青年编剧研修班时候写给妮妮的信，一篇是我来沈阳工作一年后写的日志，它们真实记录了我那个时候的生活状况。

写给女儿妮妮的一封信

亲爱的宝贝：

　　又到夜深人静的时候了，思念的潮水开始涌上心头，每每想起你——爸爸的宝贝，我的心都禁不住一阵阵地颤抖。我不知道是什么样的缘分叫我们此生成为父女，面对你稚气的面孔，我掩饰不住我的温暖和疼痛。

　　妮妮，刚才你的电话打过来，爸爸还在睡觉。今天晚上，同学们都去听大提琴音乐会了，爸爸身体不舒服，早早睡下了。听见你在电话里说，爸爸，妮妮想你了，你怎么还不回来啊？你怎么总去学习啊？妮妮爱你……知道吗，爸爸的眼泪再也无法止住，恨不能明天，不，现在就坐飞机回去，回到你的身边，下飞机就打电话给你，叫你在小区外面等待着爸爸。然后看你老远地跑来，一直跑进爸爸的怀抱。妮妮，你的拥抱是这个世界上爸爸最好的疗伤药……

　　妮妮，爸爸离开家很多天了，今年爸爸的学习计划多，总是出去跑来跑去的。其实，爸爸也不想这样，爸爸喜欢安静地呆在家里，陪着妮妮，看着妮妮调皮，看着妮妮每天早上走进别的孩子能去的好幼儿园，听你跟爸爸说声再见。爸爸更梦想着能够把你接到沈阳来，可是，爸爸需要努力学习，学到知识，学到本事，赚来更多的钱养家……妮妮，等你长大了，就会知道爸爸的心思，知道爸爸多么的疼爱你，知道爸爸是多么的上进……

　　上海的天气很暖和，家里那边需要穿厚衣服了吧？我的妮妮，你的冷暖牵念着爸爸的心，爸爸愿意做一个坚强的男人，做你和妈妈、哥哥可以依赖的大树，爸爸愿意为你耗尽青春和激情，愿意为你们遮挡风雨。爸爸愿意站成一棵大树，给你们绿荫，为你们遮蔽骄阳，笑着在妮妮成长的脚印里慢慢老去，并躺下，并枯朽……

9

妮妮，你还看不懂爸爸的信件，看不懂爸爸写的文字，但是，爸爸把关于你的文字都写下来，存在我的博客和空间里，等你长大的时候，你会知道爸爸对你的爱。爸爸也会把我所有的故事讲给长大的你听，我知道，妮妮是爸爸最好的女儿，妮妮也是爸爸最好的朋友。

妮妮会知道爸爸那颗脆弱敏感的心，妮妮会知道爸爸那颗伤痕累累的心。

妮妮，爸爸的学习就快结束了。今天早上，班级里组织去洋山深水港参观，那个地方，爸爸以前就去过的。这次去，内心多了很多感慨。爸爸不喜欢看风景，因为爸爸的内心包容了太多的内容。回来的路上，爸爸看着大海，想了很多。突然，爸爸莫名地就想哭一下，回顾过去和想象未来，爸爸感觉到了迷茫和虚无。关于生命，关于轮回，关于爱与不爱，关于困惑和挣扎，关于很多很多的东西。爸爸有时候真的好沉重……可是为了妮妮，为了妮妮能有一个好幼儿园上，爸爸还得继续努力，还得继续拼搏。

妮妮，我亲亲的宝贝，在你的注视里，爸爸永远是一帧壮丽的风景！妮妮，我亲亲的宝贝，在你的盼望中，爸爸永远是一座坚强多情的山峦！

2011 年 10 月 31 日深夜

我的空间日志

一转眼的时间，妮妮回老家快一个月了，后天就回来了。计划好了去接她。妮妮回来，每天吃饭的时候就会有人喊我了。妮妮走的时候，也正是我创作紧张的时候，这一个月的时间里，我吃睡不香。已经很长时间没吃过早饭了。不是我不想吃，熬夜已经成为了平常的事情，脑袋有时候疼得不行，早晨起来是最清醒的一段时光，要是去吃饭，就破坏了写作的构思和兴致。只能不吃饭就去创作，写到中午吃一顿。

剧组的饭菜吃不习惯的，时间一长，我感觉更难受。这里的中秋节和国庆节，都没有什么特殊的；在老家中秋节的时候，该是摆上一桌子的饭菜了。家里人打电话给我的时候，剧组正在拍摄张大全家的戏，中午现场吃的是盒饭。不能在老乡家的院子里吃，几十人就各自拿着盒饭随便找个地方。我在一片玉米地边上吃的饭。早晨没吃，肚子饿得难受。正吃着，接到家里人的电话……那个时候，心里的滋味很复杂。为了理想，也为了叫家里人过上好一点的日子，我在异乡的玉米地边上吃了中秋的午餐，没有肉，也没有酒，内心有的是拼下去的决心……

剧本结束的时候，我突然松弛下来，感觉整个人像被抽空了一样。记不得那二十八万字究竟写了什么，现场修改了什么台词。导演问戏，我一概摇头，因为我是真的记不清我在某集某场里究竟写了些什么。

生活总是不能叫我们完全满意。一个人在沈阳生活，我的健康无法保证，尤其是夜晚的恐惧症深深折磨着我。遇到感冒生病，家里冷冷清清，做家务，洗衣服，买菜，生活里的细节我必须面面俱到。很多时候，一天的饭并到一顿吃。开始是不饿，不想吃，等想吃的时候，已经饿得有些迷糊。妮妮和爱人来了以后，这些问题解决了，可是日常开销随之增大。儿子要花钱雇人照顾，每天算一下我的收入和支出，头就像裂了一样难受。不能跟爱人说什么，这些压力只能靠我一个人独自承受。妮妮都快三岁了，她也喜欢去幼儿园，可是沈阳的幼儿园不知道为什么那样贵，一个月达到一千多块钱。我们抱妮妮去附近的一家幼儿园咨询，把门的保安没有叫我们进去，喊出来一个老师接待我们。说到一个月一千五百块钱的时候，

11

我和爱人都愣了一下。一千五百块钱并不包括其他费用，都加起来，一个月没有两千多是下不来的。

抱妮妮出来的时候，妮妮问我，爸爸，咋不叫我进去？我不知道该怎么跟孩子说，说爸爸实在拿不出那么多钱来叫你去幼儿园吗？我说不出，其实，那个时候，我就哭了。妮妮，等你长大了，就会明白爸爸的心，这些经历都是爸爸努力拼搏的动力。爸爸会通过自己的劳动，帮你实现所有的心愿。回到租住的房子，爱人就找借口劝慰我，孩子小，不着急去幼儿园。其实，我们以为这里也像老家一样，每个月的费用只有三四百元。爱人的理由说了很多，还说天冷了，入园的孩子感冒怎么办，孩子感冒我正在写作，会分散我的创作时间，等等。我知道这些理由都不是理由。一楼的小女孩每天早上都去幼儿园，妮妮就在窗口喊：姐姐，以后我也去幼儿园。妮妮不知道，她的喊声让爸爸的心支离破碎！

妮妮进幼儿园，我家的收入呈现了非常滑稽的现状。我工资每个月两千多，而家里开销需要四千多，这一半多的空缺需要我不停地写作来填补。算来算去，其实是辛酸的，因为，这些钱里面没有一分是能够用在我身上的。

朋友都很关心我，劝我赶紧买些补品补补身体。我只有苦笑，我怎么不知道这些道理。孩子、老人和现在的实际情况，让我实在是很难顾及到自己。

一居室里，我要努力避开妮妮的干扰。孩子出去的时候，不一定是我能够创作的最佳时间。有时候看爱人故意在外面不带妮妮回来，我的心里不是滋味。天热的那些日子，她们在外面躲着我，不来打扰我，我一个人在屋子里又怎么能够安心？当我想睡的时候，她们开着电视机，我的脑子疼得不行，有时候说一句，小点声音好吗，给我半个小时睡觉，睡醒了我就能够再次写下去了。

其实，我和爱人心里都明白日子太艰难，彼此客气地谦让着。我需要一段时间的煎熬，这是人生的馈赠。不苦心志，难成大事；没有泪花，就不会有鲜花。

一年的时间，我创造了我个人的奇迹。似乎，我也长大了很多。懂得，一切事情，是需要随缘的。

几个月的煎熬，磨砺了我的意志。在结束的那个时候，我没有高兴，也没有庆祝，想的是静静地躲在屋子里睡觉。我没有选择回老家朝阳。实在是没有力气动了，买票坐车的力气都没有了。

然而，对于我的生命而言，这些付出是值得的。我创造了作品，我实现了很多理想。这部电视剧写完，妮妮的幼儿园，我们的房子，都能够实现了。我也失去了一些东西，有时候心也疼，可是我想，疼一点也好，疼会叫我更加懂得珍惜。

在辽宁省大部分地区，城乡孩子入幼儿园的费用差异很大。在乡村，一个孩子进入幼儿园，每个月大约是二三百元。这对于乡村的家庭来说，尚可承担。但是孩子的教育存在很大的问题。因为乡村的幼儿教师，都是一些乡村没事做的妇女来临时管理，文化水平低下。其实就是一个临时哄孩子的地方。孩子的饮食、健康、安全等一系列的问题，都不能很好地得到保障。

在辽宁省西部一个县城，我的一位初中同学在那里做县幼儿园的老师。我采访她所在幼儿园的情况，她这样留言回复我：

我们幼儿招生前六年，教师都能有一个名额；接下来的一年，给参加工作十年以上的教师一个名额；再后来，就没有了。你明白的，普通教师就别想了，除非和园长有什么特殊关系的能悄悄地给个名额。当然了，主任级的能够有一个名额，副园长、会计会有几个吧。园长和我们说都是上级领导介绍的，不得不给人家面子。

现在幼儿管理费每个月四百五十元，相对民办幼儿园便宜还专业，家长还是很喜欢来的。当然需要有门路，县直单位的孩子（尤其是教育部门的），可能好进一些，关系单位嘛；其他的可能需要找县教育局的、县财政的、县政府的领导来介绍吧。我们园长在招生季也会找不到人，躲几天。这种状况就是入园大多数走上层路线，这背后还有什么就不好说了。

在城市，基本是两种办园模式。一种就是民办的幼儿园，他们的收费标准很高，有钢琴幼儿园、双语幼儿园，很多还是全国连锁的品牌幼儿园。动辄每月四五千的也不是稀奇的事情。还有一种就是官办的幼儿园。像我同学所在的幼儿园就是这种性质。老师都是正规幼师毕业的，业务能力强。幼儿园管理到位，老师的编制是事业编，归教育局管理。所以，这类幼儿园价格便宜，师资力量强，深得家长的追捧。但是，不是谁都能够进入这样的幼儿园的，我同学反映的情况是真实可信的。

"入园难"的问题其实需要辩证地来看。什么样的生活状况，决定我们把孩子送到什么类型和级别的幼儿园去接受教育。在城市，便宜的也有八百元到一千五百元之间的，高端大气上档次的贵族幼儿园不用去想，那不是普通老百姓能去的地方。孩子入园以后，衍生的一些问题，其实也不少。比如一些幼儿园的幼师素质不高，打骂孩子的现象屡有发生。这里的原因有很多，其中幼儿园的教师师源是有问题的。好学生不做幼师，成绩不好的学生，家长为了他们就业，所以选择了报幼师专业。有的甚至初中毕业就自己去幼儿园应聘直接做了老师。很多民办幼儿园因为收费标准低，所以青睐用这样的老师。在很多地方，幼儿园老师的工资基本在一千五百元左右。那种没有幼师资质的幼儿园老师工资在八九百元。上级来检查的时候，园长会帮助隐瞒下来。

在更偏远的乡村幼儿园，则接连出现幼女遭受猥亵、强奸的事情。这些虽然都是个例，不代表全部，但是，既然有这样的事情发生，就说明幼儿教育存在弊端和需要完善的管理。

打开网络搜索幼儿园近年乱象，真的是触目惊心。笔者简单归纳总结了一下，幼儿园出现的问题大体有以下几种：

校车安全：校车安全事故，曾是公众关注的热点之一。2011 年，甘肃省庆阳市正宁县榆林子镇西街道班门口发生一起交通事故，导致 20 人死亡 44 人受伤。事后证实，出事幼儿园校车严重超载，核载 9 人车辆实际上载 64 人……而诸如幼儿园未清点人数就关门，导致幼儿被遗忘在校车内直至死亡的恶性事件，也曾在三亚、江门、西安等地发生。

虐童事件：发生在幼儿园中的虐童事件，也让不少家长为之忧虑。在浙江温岭城西街道蓝孔雀幼儿园，教师颜艳红多次以胶带封嘴、倒插垃圾桶等方式对孩子进行虐待；山西太原一家幼儿园中，一名五岁女童因算术题不会做，十分钟内被女教师连扇七十多个耳光……

食物安全：2014 年初，西安、吉林、宜昌、黄山等多地，相继爆出有幼儿园给孩子集体服药，引发轩然大波。2014 年 3 月 19 日，云南丘北县双龙营镇平龙村佳佳幼儿园三十二名学生疑似食物中毒。其中，情况较为严重者七人，两人抢救无效死亡。

幼师资质：为了招生，必须要教师到位，所以即便有的幼儿园教师没有资格证，也可以上岗。2012 年，山东省教育厅抽查了当地十七个市的一百九十四所幼儿园。而抽查的结果让人震惊。在被抽查的幼儿园中，53%的幼儿教师没有取得教育部认可的教师资格证书，83%的幼儿教师没有取得资格证书。调查发现，在公办幼儿园和民办幼儿园，持证上岗的幼儿教师数量也有差别。

性侵幼女：幼儿园不但无法成为幼儿安全的庇护所，反而成为幼女遭受心灵和身体戕害的地狱。2015 年 7 月，安徽省长丰县的王女士向辖区警方报警称，她年仅七岁的女儿小玉（化名）遭到幼儿园一工作人员性侵，小玉称幼儿园一职工常把她带到墙角骚扰；辽宁省辽阳市四岁半的朵朵（化名）在幼儿园读中班，园长丈夫两次对朵朵进行性侵，二十多天后才被奶奶发现。法院以犯强奸罪，判处其有期徒刑五年。

仅就幼儿园孩子遭受性侵事件，网上报道就有很多起。

2014年，宁夏回族自治区灵武市秀水梁村十二名幼女遭到教师性侵。幼女在村里的幼儿园被教师黄某性侵案发，其中十一人为留守儿童。在一百多户人家的村庄中，这意味着十分之一的家庭受到伤害。

2015年4月，深圳市宝安区石岩街道水田社区一名五岁女童，疑在幼儿园内遭人性侵，导致下体流血不止，经送医院检查发现外阴撕裂，需进行手术缝合。事发后，家属称女童向警方指认，施暴者为幼儿园一男性工作人员。

江苏省无锡市一名三岁女童放学回家后，家长在孩子如厕时发现女童下身出血，遂质疑幼儿园有人对孩子"性侵"或是老师对孩子"动粗"，造成孩子受伤。

……

2. 母女跪求入学，神秘的"中间人"

党正和他的老娘在屋里剥玉米。他们很吃惊地望着来人。党认出她了。他步态不稳地从玉米堆上站起来，激动地搓着两只大手。他的老娘像个哑巴似的，一个劲儿地朝她笑，还不停地用手揉眼睛。

了又说，我得先看看学校。

党没说什么，他斜着身子走过去。了朝地上望着，党觉得她是在看自己的那只跛脚，心里一紧张，差点摔倒。他想把了的蓝花包袱接过来，可是了又往怀里搂一搂。他就说，学校不远，就在池塘边上。了一声不响地跟在他的背后，低着头往院子外面走。

路上站着很多人看他们。了神色平静地跟党走了一阵，党说到了，她才抬起头。

前面果真有一所大学校，不光有校舍，还有一个操场，操场上立着一只简易的破篮球架，歪歪斜斜的。了下意识地看一眼身边的党，忍不住用包袱堵着嘴，笑了一下。

党很高兴。他说，现在学生正上课，下了课可热闹了。男的都来抢一只球，抢到手就往那副板子上狠砸。

了这才发现篮球架上没有球篮，只有一面光板，被衰弱的阳光一照，像女人做鞋用的一片袼褙。她又想笑了。

党说，回吧。

——王方晨《上学》

我调来济南工作后，单位没能解决住房，只得暂时在外租住。为了方便孩子上学，遂选择孩子就读的山东师范大学第二附属中学的附近，一直到孩子考入高中，才搬了新家。

新家离单位不远，是精装修的新房。地下室不大，但高度足有五米，走进去就像走进了深深的井底，于是，就请了人来给隔成了上下层。

请来的民工是一对淳朴的夫妻，老家在长清，租住在历下区姚家村附近。闲聊中得知，这对民工夫妻正在为自己的孩子上学发愁，因为他们一直出门在外，无法照管孩子，就准备让孩子在姚家村小学上学，但可能缺少一些手续，恐怕上不了学。我一时不忍，就主动说了句，我帮你们问问。民工夫妻顿时满脸喜色，向我致谢。

正巧历下区政府有我一个朋友，我便打电话请他帮忙。

后来，民工夫妻的孩子顺利入学，也算是我顺手做了件善事。那妻子感激地对我说，如果不是我帮忙，他们真不知道该怎么办！

本来我对孩子入学难的问题，没有任何概念。但我没概念，不等于这个问题不存在。

深圳，2012 年，又到了小学的报名季，又是家长们的烦恼季，烦恼皆因上学难。

一则关于"一对母女在教育局下跪求公办学校学位"的新闻在网上热传。深圳一对母女为求学位竟跪在教育局信访办门口长达一小时。

记者不禁感叹："这真让天下父母及求学的子女情何以堪。真的是可怜天下父母心，为了子女，为了教育，竟折下自己高贵的双膝——我们感动于这位母亲的伟大，更痛心于她的无奈！"

据 2012 年 6 月 17 日《深圳晚报》报道：深圳市南山区南头片区，有上百名家长拥进南山区教育局，询问"为何自己孩子条件达到，却不能上公办学校"，要求自己的孩子能够入学。更有一名家长还带着孩子跪在该局信访办公室门口一小时。对此，南山区教育局承诺，一定会全部解决名额问题，让每一个孩子都有书读。

当时的情况是，一部分家长质疑不公。因为他们孩子的同学中，有家庭情况相仿的，但能够申请成功，甚至没有独生子女证的也一样获得公办名额，加上社会上还有人运作"1.5 万元一个名额"，这些家长不由得情绪激动。

南山区教育局副局长周新森出面解释，虽然有的家庭看似情况类似，但在同等情况下，按一定的评分结果来区分。

有位姓李的家长说，在申请名额的过程中，教育局承诺去民办学校入学可以减免一至六年级的部分学费。因此，有部分家长同意了，但在报到当天，却得知需要全额交清学费后才能补贴三百元。李先生表示，现在就非要公办名额不可了。

下面有两个看似简单的问题：

"什么东西外面冷、里面热？"

"1、2、3、4、5，你喜欢哪个数字？"

水壶？……奥特曼？雪孩子？

哦，1？2？

在南京，2012 年新生报名的第一天。据中国江苏网 2012 年 5 月 20 日报道，记者走访南京几所重点小学，发现学校与学生面谈的范围很广，形式也多样，包括提问题、猜谜语、做游戏、看图说话，很多连自我介绍环节都省掉，要有针对性地准备还真不容易。

看上去与老师交流的是孩子，外围的家长们却最劳心劳力，下的功夫比孩子要多得多。

据报道，在报名登记后，学校会安排老师跟孩子进行不同形式的交流。这个被称作"面谈"的环节，让家长最为担心。做游戏、做手工、讲故事、看图说话，最多再加一点简单的数数、加减法。

"老师问我，什么东西外面冷、里面热，我答出来了，是房子！"

在鼓楼区一所名校门口，走出考场的小玲告诉妈妈，老师问了她好多问题，出了教室能记得的已经不多了。

"老师还问我1、2、3、4、5，这五个数字最喜欢哪个。我说3，可是没答出来为什么。"小玲说。

其他三个结束面谈走出校门的孩子,回忆起来的问题没有一道是相同的。

而学校事先让孩子准备的却是自我介绍。家长虽然让孩子强化训练了，结果却没用上。老师问的问题，完全超出了家长和孩子的准备，只能靠孩子临场发挥了。

除了口头提问，学校的面试还包括让孩子动动手、动动脚的内容。大光路小学周锋校长告诉记者，他们学校面谈的就有"群面"环节——让孩子在一起做做游戏，跳跳绳，让几个孩子一起合作投皮球，等等。

看来，学校的面试远远超出了家长的想象。

"即使是投球这样简单的游戏，也能看出孩子的性格特点及与人相处的能力。"学校校长解释说，从负责面谈的老师反馈的情况来看，确实有些孩子在协调、运动能力或是与人交往的能力上存在欠缺，不过这并不影响入学。

学校安排这样的面谈，当然非常具有针对性，一方面是掌握学生的整体情况，另一方面是为性格搭配、科学分班做准备。

请看看这个问题：1只兔子一天吃4根胡萝卜，5只兔子一天一共吃多少根胡萝卜？

难不难？对大人来说，不难。可是，回答这个问题的，却不过是一个五六岁的孩子。

这么小的年纪，却要学会100以内的加减法，认字1500个，掌握拼音，能听能说能写部分英语单词，还要开始学习写作……

去教育书店看看，有多少蹊跷的幼升小试题？有人具体调查过吗？到底有多少名类繁多的高难度的辅导班？有人知道吗？

幼升小的时节，是大班生幼小衔接最忙碌的阶段，由此催生了各种辅导班，报名火爆，教辅书也跟着热卖。

提前"小学化"，到底会对孩子造成什么影响？

记者走访时发现，多个幼儿园，园长、教育专家不约而同地指出，提前"小学化"只会影响孩子的学习兴趣，超前教育优势到三年级就会消失。幼小衔接最关键的是培养孩子良好的学习、生活习惯。

学校大门还没进，孩子们的学习其实已经开始了。对这些9月即将进入小学的孩子来说，眼下培训市场上最火爆的培训班之一就是幼升小辅导班。英语、硬笔书法、拼音、思维训练、看图说话……一些家长为孩子制定了从周一到周日每天的校外学习课程。

这么多名堂的班，这么多的训练，对孩子来说，累不累？累啊。但不光孩子累，大人也累，天天从幼儿园接出来送到辅导机构去，当司机，当陪读，怎能不累？可是不报班心里又不踏实，甚至有的班想报都不一定报得上！

报道中写到，很多家长都有这样的感受，虽然孩子不是每天都有校外课，但也报了好几门，感觉还没上小学呢，已经身心俱疲了。

面对强烈的需求，连教育机构都告急。

徐汇区某知名教育机构的"幼小衔接"非常有名，经过他们调教的孩子，深受许多优质民办小学的欢迎。据报道，在小学报名之前的两个月里，这家教育机构的"硬笔书法+汉语拼音"班,每次两小时,目前还剩一个名额;"语文+数学"班,每次三小时,每一个半小时休息一次,目前还剩两个名额。

那么,语文和数学课要学什么呢?这家教育机构的老师解释:

"语文教孩子阅读与写作。"

记者调查了解到,某区青少年培训机构硬笔书法班的"大班至一年级"阶段班因人数过多增加了一个新班,没过多久,新开设的班也被报满。除了硬笔书法,更多的培训机构着眼于让孩子提前学习小学知识。

另一个标价为4800元的有效衔接班包括"100以内的加减法""认识汉字1500个左右""会书写汉字500个左右""英语听说读写"等。

在某教育机构杨浦点,记者采访了刚刚给儿子报了暑期幼小衔接课程的杨女士。她这样说:"报这个班主要就是想让孩子提前学习一下小学的知识,这样的话小孩上小学之后会比较有自信,比别的小朋友更有优势,走得更快一点。"

抱如此观点的家长不在少数,还有不少家长称自己是"被绑架",不得不"随大流"。

让我们把目光转向同时期的河南。根据2004年8月23日《郑州晚报》记者张志颖报道,郑州、洛阳和新乡等中心城市像国内其他城市一样,今年出现这样一种现象:几乎所有的房地产开发商都把附近的幼儿园、小学和中学作为商品房销售的卖点宣传,但是却很少承担学校建设的责任。这样导致的结果是,很多家住小区的儿童到了入学年龄因学校容纳不下,被教育部门拒收。新学期上学报名开始了,郑州市很多住宅小区的家长再次面临这一难题。

报名时间过了,孩子还没取得入学资格,怎么办?

从8月19日到22日,《郑州晚报》记者回访了因给孩子报不上名而给晚报打来求助电话的一百多位家长,得知有部分家长已经给孩子报上了名。当问他们怎么报上名时,大都讳莫如深,也有一些家长向记者讲述了无奈之举与种种交易内幕。有关证据显示,孩子进入某小学要交上千元,郑州市金水

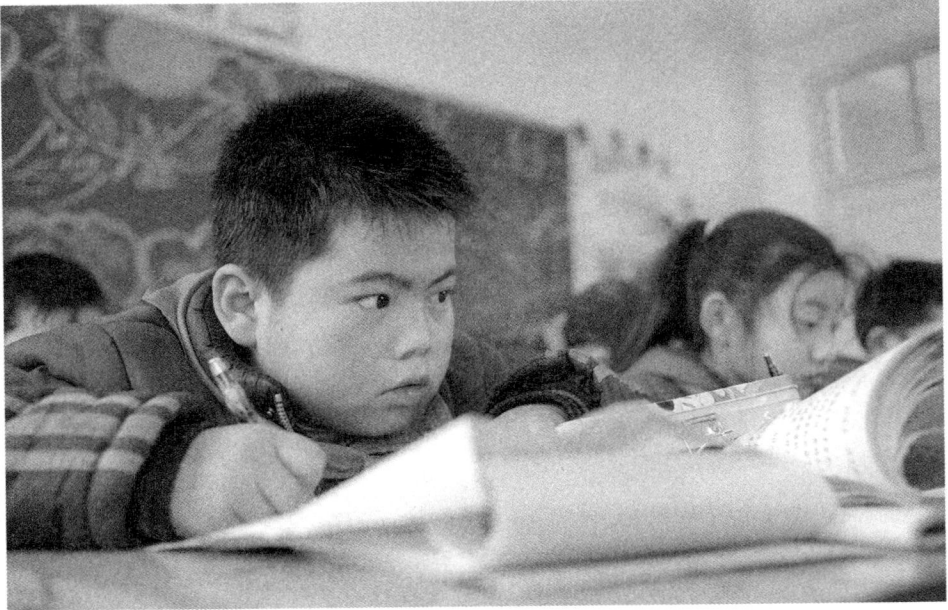

区与中原区的两所小学也打起了小算盘，尤其以金水区一所小学更为突出。为防止家长做"手脚"，担心落下把柄，金水区这所小学竟对家长的包进行检查，直至确信没有录音证据后才放行。一位家长告诉记者："他们检查包的时候，我心里很别扭，我又不会带什么录音机、偷拍机的，要不是为了孩子，我咋能容忍他们这样。"

防家长竟如防贼。背后会有什么狗屎？原来，某小学内外有别：

外人两千元熟人一千元！

请看报道中的对话：

"这是一个熟人的孩子，您看能不能来这里上学？"

"外边人来这里上学拿两千元，咱自己内部人介绍的孩子也得拿一千七百元呢，你认识某某，咱也不外气了，你们先说个数。"

讨价还价开始了：

"你们不说，那我说吧。"学校一位负责人伸出了一个指头，"就一千元吧！"

家长做了一个手势，"六百元吧。"

这时，中间人嘀咕道："还讨价还价，以为是买菜呀。"

这位家长最后还是交了一千元，可没有拿到收费票据。

8月19日上午报名日，上面这一幕就发生在郑州市中原区某小学的校长办公室里。

在中原区某小学门口，挂着同名双语幼儿园的招生条幅，在条幅下面的说明上，显示了读同名双语幼儿园有这样的好处：

只要这一年上了这个学校的幼儿园，那么第二年，这些学生如果上小学一年级时，将不再多掏任何费用。

为什么上小学要多掏钱，合不合理？

一位正在给孩子报名的家长向记者一语道破其中微妙。

"上小学的条件差一点不够，孩子想上学，不多掏钱谁让你上？这里的幼儿园一个月要六百元，比周围的幼儿园都贵，但把孩子送到这里，即使条件不够,明年上小学也不用多掏钱了,还是值得的。"

这所小学一位负责人的表态证实了那位学生家长的说法:"你的孩子不够条件,不能在这里上学,不过,你如果让孩子今年在这里上幼儿园,明年你不掏任何费用就可以直接入学。"

此前,郑州市中原区教育文体局一位工作人员曾向社会表示:

"市政府曾三令五申下过文件,不准市区内的公办学校办学前班或者幼儿园,并且办幼儿园必须是独门独院。如果违反这些规定,主管部门将对违规学校作严肃处理和处罚。"

在郑州市中原区另一知名小学校园里,有着这样一张公示:

经有关部门批准,学校分校(在这所小学后院中)招收的新生,每生每年收费五千元整。

人们不禁要问,难道这家小学实行的不是义务教育吗?怎么明码标价起来?

中原区教育文体局一工作人员声称,这所小学的分校属于多种力量办学,有关部门允许收费,并且收费金额是经物价局批准过的。

请看家长的反映。

有位家长说:"说是分校,但教学办公几乎还在一起,也不知这分校特殊在哪里。上六年小学就要交三万元,也太多了点,我们夫妻俩一年的工资不吃不喝拿出来还有缺口。"

另一位孩子的母亲说:"我们是工薪家庭,省吃俭用也想凑钱让孩子上一个相对好一点的学校。但几万元毕竟不是一个小数目,愁得我几天都没睡好觉,还不知道掏这些钱送孩子上分校值不值。"

什么"分校"?什么"特色办学"?不过是为了让收费合法化而已。记者通过调查了解到,还有几所学校也正在有样学样。

在金水区另一知名小学门口,记者发现,保安、学校老师来回走动盘问,可以称得上是戒备森严。

非常可笑的是，现场还活跃着一种有着特殊身份的人，他们在充当学生报名所谓的"中间人"。

中间人！

没错，这里并不是商品交易市场，不是牛市、马市，但是，却像在交易市场上一样，活跃着这样一批"中间人"。他们被我们的记者看在了眼里！

"如果不带小孩很难进这个门。"一个作为中间人的男子这样介绍，"二七区一些学校才严呢，每位介绍学生进来的老师都得和学校立保证，保证收了家长钱后不会出事，那才算是万无一失。"

报道中讲述，在中间人的带领下，一位家长来到学校办公室，首先介绍了自己是谁的关系。教导主任热情地接待了他。因为这个学校在这一片实在是炙手可热，仅托关系还不够，钱仍旧是不能不拿。

"比起某某拿的两万六千元来说你少得多了，别心疼了。"中间人小声地告诉他。

接下来就是要去交钱。

且慢，一位老师笑着问家长：

"我能否看看你的包？"

这是不是"做贼心虚"？安全意识挺强的吧。

家长马上明白了过来。

"看吧，没事。"除了答应还能怎样呢？

确定包里没有录音机、偷拍机之类，这位老师才放心地领着家长走进了另外一间办公室，然后，迅速把门关上。

"交这么多钱上个小学，心里真不舒服，但为了孩子的将来，一咬牙也就拿了。"

每一个家长都在感叹。

上级部门规定的报名时间过了，但是在那些热门学校里，来报名的学生家长依旧络绎不绝。

空间日志：一群城市的候鸟

每一个家长都希望自己的孩子能够有出息。尤其我们70后的一代人，自己身上没有实现的梦想，一定要在孩子的身上实现。太多的乡村人拥入都市，追求着都市的文明。有的在实现自己的梦想，有的在破碎着自己的希望。人情冷暖，甘苦自知。

今年暑假的时候，爱人再也无法承受双城生活的压力。妮妮考完试的第二天，她们母女就来到了沈阳。我们要在沈阳这座北方的大城市定居。接下来我开始研究妮妮的入学计划，因为人生地不熟，我们无法找到合适的中间人帮忙。

在我的老家辽宁西部城市朝阳，孩子去哪所学校读书，都是不另外花钱的。到了沈阳情况却不一样了。一说起孩子上学的事情，听的人都说，要想去实验小学，没有个十几万是进不去的。我一听有些目瞪口呆。不就是上学读书吗？实验小学怎么了？难道不是正常孩子去的学校吗？怎么就可以这样天价收费呢？说话的人一脸神秘，说，那还得有关系才能够进去。

唉，像我们这样普通老百姓的孩子，没有必要上那样奢华的学校。我们经济上消受不起，孩子也享受不了那样的待遇。那就换档次略差的小学吧。妮妮以前在沈阳的幼儿园里有很多小朋友，他们也都相继进入小学读书了。于是我去咨询了他们的家长。

有的说，就近上学也有好学校和坏学校之分呢。好一点的学校和坏一点的学校，到底是怎么划分出来的呢？教育系统到底是怎么回事，一样的教育凭什么划分三六九等，这是不是家长私下给划分的，不是学校的问题。先打听彬彬所在的学校，沈阳市皇姑区某小学，因为有关系，才能就近入学。家长花了两万元，彬彬成功进入那所不错的小学读书了。

我感觉这两万元也是收得毫无根据。接受九年制义务教育，这样的费用是为什么收？我们的户口不在沈阳，但是在这里有房子。孩子要是过来就得就近入学，接受义务教育。设置这样的收费项目，不知道是全国一个口径，还是个别学校就这样硬性规定的。这样的硬性规定到底合不合法，合不合理？这钱到底是怎样的一笔钱？钱收了以后归了谁？有人告诉我，学校收这笔钱是赞助费。孩子接受教育是正常的诉求，我们却要拿钱赞助学校，这是哪来的道理呢？如果是国家的法律法规有所规定，我们愿意接受这样的事实。如果不是，那就是对外来户口的歧视，是不合理的收费项目。

我们家附近还有一所黄河路小学，可心就在那所学校上学。我问了可心的爸爸，他在我们小区外面开饭店。可心的户口也不在沈阳，跟我们的情况是一样的。可心的爸爸告诉我，他直接去找的校长，花了一万五千元让孩子入学了。

一座城市在对待教育的问题上，是不该有这样的歧视和偏见的。在朝阳可以读书不花钱，在沈阳就做不到。我打听过沈河区的一位校长，她跟我实话实说道：这样的情况很普遍，各个学校都在这样做。随着城市化进程加快，城乡二元对立的鸿沟也逐渐在填平。可是，在某些环节上，还是存在着落差。我们是一群城市的候鸟，要想得到跟城市人一样的待遇，我们似乎只有多付出。在孩子接受教育的问题上，我们是一群弱势的候鸟。

新买了二手房子，搬进了新居，原来的房主很久没有擦玻璃了，从里面看，玻璃上花花点点的，影响了整座房子的美感。于是，就和爱人商量把玻璃擦一下。

房子是五楼，外面的玻璃怎么擦啊？过日子其他地方可以节省一下，这样的危险动作我们还是不想尝试的。我们没住过大房子好房子，不知道擦一次玻璃到底需要多少钱。好在我跟中介的工作人员还算熟悉，就给中介那边打了个电话咨询。他们办事很热心，帮我找了一个擦玻璃的，说好了第二天上午来我家。原来擦玻璃的费用是按照房子的面积收的，我家房子是一百零四平方米，就按照一百平方米计算，每平米是一元二角钱。中介那边特别强调说，这是最便宜的，其他的都要每平方米一元五角钱呢。

放下电话不久，就接到杜姐的电话。

她急切地在电话里说："我能不能现在就过去给你们擦玻璃？"我看了一下表，已经是下午三点半了。就说"大姐，你看到晚上能擦完吗？还有，晚上擦玻璃，这么高的楼，出意外怎么办？光线不好，能擦干净吗？"

杜姐在电话那头笑了，说"你放心吧，我稍微贪点黑没关系的，一定把玻璃擦干净了。我干这一行都十多年了，不会出事的……"

在杜姐的坚持下，我同意她来了。

我的顾虑不是多余的。以前看电视新闻，因为擦玻璃坠落楼下的事情很多，也发生过一些纠纷。本来买房子的钱就是东拼西凑的，真要是摊上这样的事情，我们真的处理不了。没过十分钟，杜姐就敲响了我家的门。

她说她就在附近住。看杜姐的打扮，完全不像擦玻璃的工人。她大约四十五岁左右，穿着很得体。背着一个还算时尚的小包，手里拎着一个黄色的塑料袋。我和爱人都很惊讶，爱人问："就你一个人？"

杜姐点头回答："擦玻璃就是一个人的活。"

可是她没带什么工具啊，我和爱人都很费解。杜姐麻利地换上工作服，扎上一条蓝色的旧布围裙，拿出了擦玻璃的"工具"。我很好奇，凑过去看这个工具。杜姐告诉我，这个叫"玻璃器"，没有什么奥妙，就是利用磁铁的磁性，分成两片，里外各一片，扣在玻璃上，在窗子内拖动一片玻璃器，外面的就随着动了。

虽然不用人"挂"在楼外面擦玻璃，可是还是会有些危险的。玻璃窗很多都是封闭的，只有开着的几扇窗子，杜姐要探出身子去，把玻璃器"扣"在外面的玻璃上。扣在外面的玻璃器上拴着一条细绳，绳的一端有个铁环，套在杜姐的手指上，一旦里外两片玻璃器契合不好，脱落的时候这条绳子就能够拽住掉下去的那片。杜姐体格很单薄，力气却很大。擦玻璃其实不是简单的力气活，还需要技术。尤其是窗玻璃角落的地方，操作不好不行。杜姐动作很娴熟，看来是经过很多年的磨练了。我和爱人也过来给她打下手，爱人帮她投洗抹布，还得帮着她拽住那条细绳。

每次杜姐都叮咛一定要拽住。窗玻璃都是双层的，中间的间隔距离短是最难操作的。因为距离近磁铁的吸引力就最大，杜姐拖动玻璃器就费力气。看她汗水淋淋的，我觉得这一行其实也不是好干的。有些地方玻璃器擦不干净，她还得拿把小刀处理一遍。几次看她探出身子去够外面窗玻璃上的污垢，我和爱人对视一眼，都赶紧跟她说："不用了，够不着就别擦了。"杜姐不听，笑着跟我们说着话。

杜姐其实很健谈，开始光顾着干活，大家都话少，妮妮回来以后，从孩子开始，我们说的话就逐渐多了起来。杜姐开始还是有所顾忌的，毕竟是给陌生的人家干活，少说话多干活才是硬道理。爱人感慨着说："干什么都不容易，你们这一行危险也很大。"杜姐就讲了两个故事，第一个我知道，是去年发生在沈阳的一件事情，我从电视上看过。姐姐到妹妹家做客，发现妹妹家的玻璃脏了，就去给擦玻璃。妹妹出去买东西回来，发现姐姐不幸从五楼掉下来摔死了。见我接过了话，杜姐就简略讲了这个故事。杜姐的表情很自然，说到姐姐摔死的那个细节时，丝毫看不到她的畏惧。

杜姐也很会来事，说我们夫妻挺通情达理。这话我们听着心里舒坦，杜姐由此讲了她另外一个姐妹的故事。杜姐的一个姐妹，也是擦玻璃的。到一家高层去干活，窗子玻璃外面一面有个角有块脏东西，她的姐妹够了几次都够不着，就想不擦了。男主人却不干，坚持叫她擦，还说我花钱雇佣的你，你不擦干净了，我就不给你钱。杜姐的那个姐妹下岗养家不容易，活都干完了，就差这一块，只好探出身子拿抹布去够。惨剧发生了，那位姐妹从十七楼掉了下去。

杜姐讲完，我们半天都没说话。

杜姐最后说："就是该这么死，那姐妹生活特别坎坷，很多困难都没难住她。那家男主人就是催她的命呢。"

　　杜姐的冷静，叫我心里酸酸的。我不是那样苛刻的"主人"，像擦玻璃这样的工作，我是自己不会做，否则我们这样的家庭怎么会请得起家政工人呢。而杜姐的姐妹难道就该这样轻视自己的生命吗？钱固然很重要，可是，我们不能因为钱而忽视自己的安全。这个世界上，可能没有亲人和朋友关怀你，但是，在我们每个人的内心，都应该珍惜自己。连自己的生命都不珍爱的人，又怎么会赢得别人的爱啊。

　　天黑的时候，杜姐擦完了阳台的大玻璃。爱人去厨房做饭的时候，杜姐的手机响了。手机在杜姐的包里，她进门换鞋的时候就放在了门口。我听见手机响，就跑到门口连同杜姐的包一起拎给了她。杜姐的声音马上变得温暖起来："你回来了，我还得半个小时才能完活。你先焖上大米饭，菜我都拿出来了。看到案板上那棵白菜了吗，还有我泡的黄豆。饿了吗？等我回去做也成……"

　　看出了杜姐的着急，我就帮她投洗抹布。杜姐的话匣子也打开了，说起她的故事。杜姐的儿子今年十三岁，在附近一所初中读书。问她的丈夫在做什么，杜姐告诉我，儿子六岁的时候她就和丈夫离婚了，一直是她自己带着儿子生活。为什么要带儿子留在沈阳，杜姐说，毕竟是大城市，教育水平高。她和儿子的户口都不在这个城市，离婚以后带着儿子生活，一直在租房。上学就托人，还花过冤枉钱。历经很多波折，孩子终究如愿读了小学，上了一所不错的初中。这么多年，她和儿子的生活费用，完全靠她擦玻璃赚取。

　　好在杜姐的儿子还算懂事，平时杜姐干活回去晚，儿子很早就学会了做简单的饭菜。不过也有叫杜姐尴尬的事，比如儿子在学校很内向，不敢跟同学们和老师说自己家的情况，尤其是他们不是本市的户口。有时候开家长会，杜姐宁可一天不干活，也要把自己打扮得很漂亮再去。孩子一年的花销不小，主要是补课费什么的。别的孩子都补课，儿子知道家里困难，提出不补。杜姐不放心，怕孩子学习跟不上，咬牙挺下来。只要孩子学习的事情，杜姐都毫不犹豫。

孩子正是长身体的时候，饭量也大，中午学校有食堂。杜姐知道再怎么困难，也不能在孩子伙食上小气。好在杜姐擦玻璃的收入还算比较高，有时候一天能够干两份活。就像今天，遇到我这样的房主能够体谅，她就可以贪黑再抢出一份活来。

杜姐干活的空档，她的电话又响了一次。这次是她的姐妹打来的，在约明天的活。杜姐像我一样也是来自外地，能够在这座陌生的城市落脚，完全是靠着自己的勤奋和努力。她每天奔波在城市的各个角落，做家务，擦玻璃，打扫卫生。

擦完厨房的最后一扇窗子时，我家的饭菜做熟了。我们没有留杜姐吃饭，我知道她还要赶回家去和孩子一起吃饭。杜姐做事认真，非要把所有的工作都做得完美。我和爱人都催促杜姐不用清洗抹布了，她表示歉意。我拿出了一百二十元钱递给杜姐说："快点回家吧，孩子也在等着你。"

打开房间里所有的灯，我们开始吃晚餐。此刻等待杜姐的，也有一扇温馨的窗口。我们全家的心情很愉快，我知道是因为杜姐的缘由。因为她用勤劳为我们把心灵的窗户擦拭得一尘不染，她用自己的劳动让自己的儿子在这所城市上学。

3. 小升初，四年级就要6点起床做奥数题

一个身材矮小的男人，从操场边上的一间小屋里走出来。他在朝他们看。了觉得这人的目光中有着说不尽的威严。她赶紧转身跟党走，咣的一声，校园子里的钟响了。了的后背猛地震动了一下，竟像被人击了一拳似的沉重。那声音在下午寂静的村子里，涩涩地扩散着。随着余音的消失，一大片阴影，从西边扫过来，天色变灰了。

——王方晨《上学》

　　在我调来济南之前，孩子正在东营市的实验中学上初一下半学期。原本没有让孩子来济南上学的打算，但对孩子留在东营上学的顾虑还是有的，所以，在一天中午，我给济南市教育局打了个电话，咨询像我这种正常调动的情况，孩子转学应该如何办理。教育局答复，采取就近入学。

　　因我初来济南，人生地疏，对教育局提到的那个中学根本不熟悉，更谈不上满意。我记得那天下午临近下班，顺便在电话上跟一个朋友说到此事，朋友建议如果要转学，就考虑山东师范大学第二附属中学。朋友接着就帮我联系，但也马上回话说，二附中可能不好上。我想，自己本来没有非常强烈的转学要求，既然不好上，也就算了。于是，锁上办公室的门，去食堂吃饭。还没进食堂门，朋友又把电话打来了，告诉我，说成了！这才前后不过五分钟的时间，朋友就把事情给解决了。然后，因为我主意并没最终确定，就开始四处征求意见。

　　两种意见，非常鲜明。一种是赞同的，认为二附中教学质量不错，济南很多家长想把孩子送去上学而不得。甚至有人说，二附中出去的学生，个个顶呱呱，会有不少人在省直、市直单位担任重要职务。我又想起询问一个曾在省教委帮忙的同学，他的回答更离谱。据他了解，即使省教委的人要往二附中塞学生，都很难。反对意见是，他们普遍认为济南市的升学率不如其他地市，因为"济青线"的特殊政策取消，在济南参加高考没有任何优势。一位学校内部的老师则直言不讳，学校没什么好，即使考上山师附中，几乎没人能考上北大清华。大量的毕业生，拥进了当地的济南大学，而使附中成了济南大学的"后备军"。

　　犹豫不决之中，我专门去山师二附中考察了一番。

　　学校地处历下区羊头峪西沟街的一条较狭窄的胡同里，门前道路仅能容车辆单行。小学周围的房子，年代久远，非常破旧。我原来工作的城市，是个新建市，规划整齐，孩子上学的实验中学地理位置优越，教学设施也非常先进。两者相比，差异明显。

到底还是因为担心我在济南，顾不上孩子在东营的教育，痛下了为孩子转学的决心。不料，孩子在新的环境里极为不适应，万分想念他的实验中学。转学的第一天，放学回来，孩子情绪激动，一口气给我讲了好多条济南和学校的不好。我非常理解他的心情，委婉地说，任何事情，都有好与不好两个方面，你说了这么多不好，是不是还有好的地方？孩子想了想，总共说了三条：楼高，树高，有山。说完，扑腾倒在床上，呼呼大睡，连晚饭也没吃，一口气睡到天亮。

嗨，这真是想来的来不了，不想来的偏来了。

我国的小学、初中，本属于九年制义务教育。儿童上小学舆论有所反映，那么，"小升初"呢？

还是在郑州。据 2008 年 8 月 25 日郑州《大河报》报道，在郑州市内四区设立的小升初就近分配复议现场，因学校分配结果距自己理想相差甚远，一些情绪较为激动的家长与各区教体局接待工作人员屡次发生言语冲撞。学生家长拍桌子、争吵，以"跳楼"要挟，哭得双眼通红……

原来，优质教育资源紧缺、学校建设未跟上等诸多问题，使得这一年部分学生的"小升初"就近入学转为就远入学。

"十三岁的小孩，上个学要跑十公里，这学咋去上？"

一位家长情绪异常激动。他家六年前就在金水区北环购置了住房，而户口本上的住址是很早以前居住的金水区柳林镇徐庄。

"当时小孙子在小学填写毕业生就近分配表时，老师说家庭住址按户口本上的填，我们就填了。没想到，分配的学校竟然是马头岗村附近的金水一中，离家实在太远了。"还有一位家长解释说。

金水区教体局工作人员出面解释，毕业小学要对学生的真实住址进行核查认定，然后中招办依据这一结果进行分配。如果学生确实将住址填写错误，这种情况还需再申报到郑州市中招办，再重新改派。

家住优胜南路八号院，离郑州七中仅几百米路程的王先生的孩子却被分到了位于南阳路上的七十一中。"从家到七十一中，一路上要过六个红绿灯，一个小女孩遇上刮风下雨天气咋上学，哪个家长会放心？"

让王先生不解的是，同在优胜南路，有些小区的学生就被分到了七中。由于情绪激动，他屡次表示，如果这个分配结果不予以纠正，他要去"跳楼"。

李先生房产证上登记的地址为金水区优胜南路四号院，房产证、户口本、实际居住地"三统一"。但他的孩子没被分进郑州七中，却被分到了另一所离家非常远的学校。

"按说两所学校质量差别不大，我们没必要择校，但如果到分配的学校去上，孩子至少每天要在路上花费一个小时，离家太远。"家长说。

为给孩子找个好学校而买房的家长，在这一年的"小升初"就近分配工作中并没有如愿以偿。

一位姓梁的先生反映，自己住在大学路和陇海路交叉口的一新建小区，"当时售楼部的工作人员说买了房，将来保证能上郑州二中。"但他的孩子今年接到的录取通知书却是另一所中学。

据中广网北京 2013 年 8 月 14 日消息，8 月，全国大部地区持续历史罕见高温，然而，在炙热高温下，家长冒着酷暑，带着孩子奔走于各种培训班。而这样不辞辛苦的背后，家长们都是同一个目的，就是为了孩子未来的"小升初"能考出一个好成绩，进所好学校。

"中国之声"从 8 月 12 日开始就推出了特别策划《大中城市教育衔接难点调查——孩子与学校牵手难在哪儿？》，关注的就是在教育衔接难点中最难的、也是最让家长们头疼的"小升初"。

记者评论：本属义务教育阶段入学行为的"小升初"，在近几年却在许多大城市不断上演出竞争加剧的局面，甚至与中考和高考一起并称为"人生三大考"。

有的学生才上小学四年级，就得出入各种奥数、英语培训班。每天早晨六点就起床做奥数题了，然后上午是三小时的奥数课，下午是三小时的英语课。还有钢琴课、围棋课，好多课呢。晚上回家还要背单词，读句子。自己不想学，可是妈妈逼着学，自己也没有办法。他们表达自己的愿望，就是特别希望有点儿玩的时间。

还有很多小学生从三年级起就要经过考试进入培训学校，上的就是所谓的"占坑班"。为了不被淘汰，小学生们往往需要参加更多的培训班，这些课程的难度要远远超出对小学生的要求，有的甚至达到高中水平。

这一年，北京市教委明确表态，坚决清理"占坑班"。

"占坑班"消失，也让不少家长把孩子小升初的希望寄托在了"特长生"上。5月11日、12日是北京东城区小升初特长生报名的时间，一所排名靠前的重点学校今年特长生的招收名额只有几十人，但前来报名的学生达到了几千人。

有家长表示，自己那天去报名的时候是早上六点多，前面已经排了有几十个人了，一上午就报了七百多人。两天报名下来，估计怎么也有一两千人。

然而，这种千军万马过独木桥的困境不只北京，在上海、广州等一线城市，"小升初"争夺也异常激烈。

广州，一位家长忧心忡忡：广州也是一个一千多万人口的城市，而且优势教育资源还赶不上北京的多，所以广州"小升初"的压力非常大。今年的联考试题还是以奥数为主，二十四万名考生争夺三千多个名额，太难了。

在北京不少中学门口，小升初的孩子们书包里揣着厚厚一摞获奖证书，排在长长的队伍里，备好的简历长达几十页，陪伴而来的家长眼中则是殷切期待的目光。

有调查显示，在幼小衔接、小升初、中考、高考这一系列的升学过程中，"小升初"孩子面临的压力是最大的。为了"小升初"，有三成小学生每周要在校外"加码"八小时以上；四成左右的小学生一周要读两个以上的兴趣班或补习班；74%的家长希望孩子能进一、二类名校或者是分到一个好的班。

　　为了积极备战，很多家长早的从三年级开始，最晚的也从五年级开始，就带领孩子利用周末、假期，奋战在各个补习班上。到冲刺阶段，最少都报有两个以上的补习班，为的是多有一些考试的机会。孩子们整天被湮埋在不同的真题卷、各式各样的模拟考题中不能自拔，幼小稚嫩的心灵承受巨大的社会压力，小学生已成为学生群体中"最累"的人群。

　　浙江杭州一位外来务工人员在博客上述说了自己的艰难。

　　2010 年 3 月 3 日，这位外来务工人员以留守儿童家长的身份赶到了吴山广场，参加浙江省暨杭州市《条例》宣传咨询会。此前，她咨询过下城区的一位教育工作人员。她在下城区某单位上班，想把自己上小学四年级的孩子转到杭州上学。工作人员告诉她，上初中过来比较好，这样有利于孩子学习，还顺便递给了她一张外来务工者子女来杭就读服务卡。对于这张服务卡，她如获至宝，天天放在办公桌的抽屉里，一遍遍准备着服务卡中所需的证件，时刻想着，儿子初中准能在杭州上学了。

　　杭州下城区是个老城区，这位家长心想这里的教育资源应该不错，下城区外来务工者总比居住在江干区外来务工者少，到时有利于小孩上学。所以后来她就把临时居住证放在单位办了，总以为夫妻双方有杭州市临时居住证就可以了，所以丈夫的临时居住证是在江干区办的，她的是在下城区办的。

　　2011 年 11 月份左右，她发现很多中学都有招生简章出来了，就首先打电话咨询下城区教育局，告诉他们 2012 年 9 月自己小孩就要上初中了，想要在下城区上中学，需要备齐哪些证件。教育局告诉她需要小孩父母双方在下城区的临时居住证等，她说明了自己的情况，夫妻两人一个在下城区，一个在江干区。教育局工作人员听说后，明确告知这样安排不了她的孩子在下城区就读，若是证件齐全，父母双方临时居证都在下城区，而且满一周年，那他们保证百分之百地安排小孩在下城区的中学读书。

　　之后，这位家长又打电话到江干区教育局咨询，得知孩子父母双方只要有一方在江干区有临时居住证，并且有劳动合同等，在法律上具有监护人条件就可以读了。但是，问题是，在江干区工作的丈夫只有一张临时居住证却没有劳动合同等，而她的劳动合同等都是在下城区。

在江干区也不能入学，这位家长又去询问杭州市教育局。负责接电话的工作人员表示为难。

眼看上学无望，这位家长心都凉了。

难道上个初中真有这么困难吗？他们夫妻在杭州工作长达十多年了，要想把小孩放在身边读书的心愿真的就不能实现吗？

带着不甘心，这位家长又上网四处浏览，接着就看到杭州风帆中学有报名咨询电话。她把电话打过去，老师非常客气地告诉她学校有一定比例的择优择校生。据老师介绍，这个学校蛮不错。这位家长就决定报名试试看，于是就第一个赶到学校报名，并把自己儿子的情况向老师作了详细说明。

但是，直到2012年3月6日，也迟迟未收到风帆中学的通知。这位家长就又为儿子报了杭州青春中学。

3月7日，家长去杭州育才小学以杭州网义工的身份参加"爱在衣加一"活动时，接到杭州风帆中学的短信，安排于2012年3月12日下午一点半小升初考试。

家长马上把消息带回老家，安排儿子本周末来杭州考试。一家人都非常兴奋，带着希望，带着祝福，把儿子接来参加了考试。但是，一个星期后，未收到任何消息，心想是不是老师遗漏通知了，打电话咨询，原来儿子考试很不理想。家长忍不住非常生气地训了儿子一顿。

3月19日，家长接到杭州青春中学一位老师的电话，老师通知他们带儿子于3月24日去青春中学考试。这让他们心中又燃起了一线希望，马上通知儿子周六来杭州考试。

这次不光她的儿子来了，而且来参考的队伍中还有她的很多老乡。一个丽水地区就达上百人，仅她老家的县城就达三十多人。她儿子考后，感觉比上次好得多，可最终离学校的择优还是有点距离，依然未被录取。

失望，彻底的失望……失望的家长在博客上不禁感叹："这可能就是乡下教育与城里教育的差别吧！儿子原来在学校成绩可都是数一数二的呀，到了这里，再怎么考下去，恐怕以这种方式顺利升入初中可真的难哦！现在杭州很多学校都是考什么奥数、文言文之类等，可真难为这些乡下就读的孩子了……"

"今年小升初比找工作还难！"

在广州，2014 年元旦过后，不少泡 Q 群的家长发出感叹。

据 2015 年 1 月 7 日《南方都市报》记者梁艳燕报道，某女士 2014 加入"小升初"家长队伍，她的孩子目前正在赶场考试。她说，小升初的热度快赶上大学生求职了。就制作简历而言，百多页简历，有一半是用铜版纸，一份成本就高达 200 余元。"广撒网没有十本八本是不行的，还没开考就烧钱了。"她说。

报道形象地写道：尽管民校小升初的方案迟迟未出台，但经历过元旦某些学校的内部"秘考"后，部分家长就开始着手准备下一步出击了。

近日，不少"咆哮体"在各种小升初群里发酵："小升初的爹妈们，你们伤不起啊！搏名校，简历在传达室堆成一人高，有没有；小五班、冬令营、千人考，孩子赶场真折腾，有没有……"

某女士表示，其实刚开始她觉得简历可有可无，最关键是考试成绩过硬，但是在现在什么都不明朗的情况下，简历也许是制胜的法宝之一。

这么小的孩子，能有什么丰富的"简历"？虽然好笑，但这是现实，是现实就要面对。

"简历"还真不简，全部都要彩打，有照片的要用铜版纸。某女士回忆说，这一百二十多页的简历，比自己当年求职的厚实多了，足有一厘米！单制作成本就要二百多元。

如此"简历"之外，尚需其他。

某女士从自己家里搜集了孩子的大大小小各项比赛近百张奖状，但是教育部门举办的只有一两张，所以某女士还有一些担心：是否含金量太低了？

吃饭穿衣相互攀比，一张简历的制作，也会形成攀比。原来一些家长打听到其他家的孩子简历如何如何，就产生了一定要做得比他更好的想法。如此攀比之风，愈演愈烈。

但这并不是没有来由的。有一位自称跟老师比较熟并从老师那里看到提前收上来的部分重量级简历的人说："简直让我目瞪口呆。"

另一位家长孙女士本来还觉得自己够拼命的了，周末有一天半都陪着孩子去学琴棋书画，也算获奖无数了，但是居然还有人比自己更拼！有人孩子不但语数英全部学科都有获奖，其他艺术方面的，包括钢琴、古筝、语言艺术、舞蹈、绘画，更神奇的是体育方面也不落后，羽毛球、无线电测向，这样来看，简直是神童了。

孙女士猜测，如果这些奖项全部都属实的话，那这个小孩就太可怜了，根本没有一点玩耍的时间。

事实上，证书真的能说明问题吗？有知情的家长说，证书要多少有多少，你只要愿意出钱，网上一大把。

据调查，有些家长上网买来的证书，都是些听都没听过的比赛，当然不会是教育部门组织的，但能增加简历的厚重感。

报道中写道："反正学校也不可能逐一核实真假，你说钢琴取得八级十级的，不是专业人士谁能鉴定出来呢？反正你会弹几首歌就是了。"

考试拼的是孩子，但更是拼爹拼妈。这是广州市白云区某省级小学六年级一班主任的肺腑之言。她说，从去年底开始，就有不少家长找她给孩子写评语，也有不少家长请她帮忙修改简历。她这一届学生带了四年，除了接触较多的几个学生大致了解家庭情况，其他真的一无所知。但通过这次指导简历，她还真开眼界了，不少家长都亮出了自己的家底。

这位班主任对采访的记者称，里面有银行行长，也有企业经理，或者董事长、主任医师等，都是在社会上有一定地位的。

有家长觉得不好意思，说只是个虚衔，但是希望家庭背景能为孩子增点分，至少在同等条件下能优先考虑。这位班主任表示，自己也能理解家长的苦心，毕竟简历是学校对孩子的第一印象，家长力求完美无可厚非。

看看这些负责的家长，看看这些真实的新闻报道，我真是不敢说上学容易，尽管我自己没有经历过这样的难题。

4.　中考，大敌当前

自小到大，了还是第一次走这么远的路。她的家在山里头。大栏庄的东面是一望无际的平原，连个土丘都没有。她知道父母一心指望她能嫁出山区，但没想到会这么快。

那一天，大病初愈的父亲让娘对她说，了，别上学了，嫁个人吧。她看看父亲灰暗的脸色，什么也没说，拿起一把镰刀就出去了。她在山野里打了一大捆柴，背不动，又不舍得扔，就那么一步一步地往村里蹭。回到家时，已是半夜了。父亲和娘以为她想不开，正要打发她的弟弟乔出门找她。她连说话的力气都没有，往门槛上一坐就是半天。她娘说，债可得还啊，了。你看学校里还有几个女孩子上学？娘说得不错，她是班上唯一的女学生。娘说着就擦鼻子抹泪。了记得那年她考上初中的时候，家里把仅有的买农药的二十五块钱都给她交了学费。她的学习好，父亲生病时也没想到让她辍学。她喘息均匀了，就说，娘，我不嫁，我每天给家里打这么一捆柴。我还可以采酸枣挖蝎子卖，家里的债我还。

一连几天，父亲和娘对她嫁人的事一字不提了，但他们脸上的愁容，了都看在眼里。了的弟弟乔，也在唉声叹气。为了让她上学，乔只读了三年小学。乔在学校里很笨，时常挨老师打。乔干活很下力，才十三四岁，就能顶半个大人。他偷偷对了说，你再坚持几天，爹和娘就依你了。我托黑三去到县城里给我找活儿干了，等我挣了钱就给家还债。黑三是村里的一个光棍，在乡上的一个建筑队当小工，早在四五年前就扬言挣下钱来找媳妇，可是到了现在，也只是穿戴有些人样子。了望着黑瘦的乔，心窝里一酸。乔还笑着说，你要考上大学，可别忘了我，好歹给我买双皮鞋穿。了就走到娘的跟前，说，嫁就嫁吧，可我还得上学。

——王方晨《上学》

我的孩子初一下学期转学，一直对新学校抱有明显的抵触情绪，让我很是担心。从 2010 年到 2013 年，是我人生的特殊时期，一方面拼命写作，一方面又要抵抗来自生活的巨大压力，简直就是"风刀霜剑严相逼"。2013 年春节过后，身体终于被压垮，住进了医院。幸好我与医院较近，打完针后还可以拖着沉重的病体自己走回来。也幸好有附近警察学院的朋友，把饭卡借给了我。中午，我从警察学院教师食堂打回五块钱的盒饭，等孩子放学回来吃。对孩子能不能考上省实验中学或山师附中，我没有把握，心里还是很焦躁的。生怕落空，免不了事先给济南市政府某部门打了招呼，以期能保证上比较好的高中。中考出榜那天，我去看成绩。拿到成绩单，我心中的石头才一下落地。

中考，意味着九年制义务教育的结束。

有人说，初中升高中比高中考大学还要难，是不是这回事呢？

2011 年 7 月 22 日，胶东在线消息，烟台市芝罘区教体局局长解文田等相关负责人在走进"面对面话环境，心连心促发展"座谈会现场，回答市民关于"初中升高中为何比考大学还难"的提问时说，很多市民对上高中和上大学的难易程度存在误区。按照国家相关规定，高中学生录取是有计划地录取，并不是所有的学生都要上高中，初中学生毕业升入高中和职业学校的比例是按照 1∶1 来分配的。这也就意味着，两个学生中只有一个人可以上高中。本年大学的毛入学率是 74%，这意味着十个学生中有七个人可以上大学，所以考高中肯定比上大学要难一些。目前，芝罘区高中教育资源比较紧张，本年度参加中考的学生大概有 6900 人，高中录取人数不到 4000 人。和其他县市区相比，分配到芝罘区的录取计划要多一些。当时的烟台一中、二中、三中、四中都面临着扩大规模的问题，烟台三中计划搬到黄务，扩大规模，缓解目前的紧张局面。这样，芝罘区就形成了东部有烟台一中、西北部有烟台四中、南部有烟台三中的"三足鼎立"局面。这样的整体规划，有利于优化芝罘区的高中教育资源，有望缓解芝罘区学生上高中难的问题。解文田表示，芝罘区近五年来人数变化不大，本年参加中考的人数是最多的一年。现在主要通过扩大班额的方式解决问题，基本可以满足学生入学的需求。目前，高中的教育资源还是比较均衡的，初中全面均衡还有点难，这就需要家长理性对待所谓的择校问题。

据 2011 年 6 月 9 日《城市信报》报道，在相邻的青岛市，从 1991 年开始，就将中等普通高中与职业学校招生比例确定在 4∶6 左右，随后十余年一直坚守这一"普职比例"。1979 年，青岛市开始发展中等职业教育，到 1986 年，青岛市职业高中招生数当年达到 15163 人，与普通高中招生比例达到 1∶1 左右。到 1991 年，中等职业学校与普通高中 6∶4 左右的招生比例被进一步确定。2005 年以后，这一比例被基本确定为 1∶1。而从青岛市未来十年《中长期教育改革与发展规划纲要》来看，这一比例将会继续保持不变。

这真是一个"残酷"的比例！

市教育局相关负责人告诉记者：目前家长、社会对于成才的理解还是有些偏颇。孩子为什么要接受教育？为的是成才。而成才的途径有哪些？难道只能通过参加高考才能成才？事实上，有一部分人动手能力更强，也更适合做一个蓝领，这些学生将在初中毕业后升入中职学校学习技术知识，而普职比例确定在 1∶1 也符合国家、社会对于人才的需要。

显然，家长对此的接受度与政府预想是有着极大差异的。没有家长不期望自己的孩子往更好、更高处发展。一个初中生，临毕业也才十五岁左右，人生不可能在这个年纪上定型。

2005 年 7 月 1 日，新华网甘肃频道发表了一篇《高考压力蔓延，中考已成另一座残酷的"独木桥"》的报道，记者发出如此感叹：

"'千军万马过独木桥'曾经是人们对高考竞争之激烈的形象描述，然而高考的压力逐渐向初中、小学甚至学前教育蔓延时，我们发现，中考已渐渐成为孩子教育生涯中又一座残酷的'独木桥'。"

记者了解到，兰州市三十三中这一年中考录取人数为 600 人，而报考人数已经达到 1500 多人。兰州市七中每年的中考录取人数为 150 人，去年的报考人数为 390 人，今年的报考人数则为 540 人。兰州市几乎所有的高中报考人数都远远超过了招生人数，一些重点高中的报考人数是招生人数的好几倍！从 1998 年至 2002 年，兰州高中教育的升学率从 46.1% 上升到 83.5%，共上升了 37.4 个百分点，而初中升高中的升学率却仅仅增长了 7.6 个百分点。2001 年全国初中毕业生的升学率仅为 52.9%，有将近一半的初中毕业生不能接受高中教育。

严酷的现实不禁让家长感叹："现在上高中难，上重点高中更难。"一些教育界业内人士也坦言，进入普通高中，尤其是重点高中的竞争比考大学更为激烈！

贾应生教授是西北师范大学社会学系主任、社会学家，他认为初中学生的学习压力则间接来源于高考，"以前学生应对高考往往把主要精力放在高中阶段，而随着近年来高考压力的增大，很多家长和孩子已经把眼光放在了初中、小学甚至学前教育阶段。"

兰州市三十三中有位家长，孩子在市内一所普通中学上初中，学习成绩一般。为了让孩子能够考上重点高中，中考前两个月，他请了兰州大学两名研究生为孩子补课，每天补四个小时，周末则是全天候补习。在考试前，又从网络上搜集资料给孩子复习，还专门把报纸上有关给孩子补充营养的文章剪贴下来，照此给孩子补充身体。

在他看来，中考已经完全摆起了高考的架势。不仅仅是在中考前这样，在平时的学习中，全家人也是如临大考。

记者写道，当前，中学生学习压力之大已经成为一个全社会所熟悉的现象。

兰州市第十一中学学生则反映，课外作业、补充练习、补习班、家教等让他们几乎把所有的时间都花在了这些事情上，平时连做一些必要的课外活动的时间都没有。

记者曾经调查发现，兰州市中学生运动会现有记录有一半保持在十年以上无人打破，少数记录三十年间无人打破。兰州大学体育部毕研洁教授分析认为，主要原因是当前学生压力太大，没有时间锻炼。

"家长帮"网站一名叫"折耳猫"的网友于2013年10月14日发表了这样一个不十分确定的帖子：

> 今天在孩子的家长会上，孩子的班主任老师说，明年的招生政策估计变化不大。根据统计，今年实验、附中、济钢、历城二中四所重点高中的统招生人数合计才九百九十人，择校生的家长和准备走统招进上述四所高中的家长要有充分的思想准备，一校一线将会继续执行。今年不少薄弱初中的家长知道消息晚些，没有报名，明年教育局将会明确此项政策，估计报名上四所重点高中的薄弱初中的学生将会更多。届时估计统招生的人数将会因此进一步减少，估计达不到今年九百九十人的数量。望家长回去督促孩子学习。

紧张情绪立刻弥漫开来。

中考如此残酷，逼迫学生和家长四处寻找出路。据2012年6月12日《齐鲁晚报》报道，青岛市高中资源的有限成为初中毕业生留学的催热剂，读完初中就留学已成常态。11 日，在青岛中考各考点的"家长陪考团"中，不少人已确定让孩子到国外读高中。在青岛十九中门口，一位白发苍苍的陪考家长向记者表示，自己外孙女只要拿个初中毕业证就行，因为她已经决定去美国读书了。在一中、二中、十五中、十九中、五十八中等多个考点，部分已确定让孩子出国念高中的家长称参加中考也就是学业水平考试，只为拿毕业证，还有一部分家长称正在考虑将孩子送出国外读高中。

青岛三十九中的一位老师向记者介绍，近年出国留学的初中生越来越多。以他们学校为例，一个五十人左右的初中毕业班里，少则七八人出国，多则十二三人出国，几乎每个毕业年级都有七八十个出国留学的学生。

什么原因呢？这位老师认为，主要是因为青岛的优质高中资源太少，市内四区有四十多所初中，但普通高中只有十二所，好的高中也就六七所，明显满足不了需求。因此很多上不了理想高中或者考不上高中又不想上职高的学生，在家庭经济条件允许下就会选择出国留学。

"花季年龄遭残酷考验，中考变成另一个高考？"

这是 2006 年 5 月 31 日深圳《晶报》记者所做的报道。还不到中考，专家们就纷纷站出来，告诉家长和考生如何备考，如何科学地填报志愿；传媒和出版商们的考试指南也适时推出，上市大卖……

> 为了报答父母的养育之恩，
> 为了报答学校的培育之情，
> 为了老师的殷切期望，
> 为了自己的人生梦想，
> 在中考冲刺的最后一百天里，我们将做到：
> 信心百倍，斗志昂扬；
> 自我加压，补短扬长；
> 争分夺秒，百炼成钢；

全力以赴，铸我辉煌。

请学校放心，我们会苦战百天，笑傲六月考场；

请老师放心，我们会百天苦战，誓为母校争光！

这是某校在三八节决战中考百日誓师大会上九年级学生代表全班同学的誓词。再看九年级班主任代表老师的发言：

同学们，"三分天注定，七分靠打拼，爱拼就会赢！"我希望你们不要做过客般的流星，因为你曾用智慧培育理想；不要摘青色的苹果，因为你曾用汗水浇灌希望；不要做漂泊的扁舟，因为你曾乘风破浪，渡过学海茫茫；不要做退缩的懦夫，因为你曾披荆斩棘，踏过书山坎坷。

同学们，不死的战士，当勇于战胜懦弱；坚韧的精神，应化作锐利的长矛；是蓬勃的鲤鱼，就要超越梦想中的龙门。

同学们，"不飞则已，一飞冲天。不鸣则已，一鸣惊人。""三年砺剑今日策马闯雄关，一朝试锋六月扬眉凯歌旋。"

……

闻到炮火味儿了没有，有没有大敌当前的意思，这还有校长先生热情洋溢的寄语哩：

十年寒窗磨一剑，今日剑出鞘；百日历练结硕果，明朝见分晓。

同学们，你们自信，你们奋斗，你们即将走向成功，你们将以优异的成绩证明自己的价值。你们从小学到初中，踏平坎坷成大道。转眼间，又站在了决定人生命运的十字路口，我坚信，鲜花、掌声和笑语将伴你们一路凯歌。

　　你们站在挑战人生的殿堂前，迎来的是沉甸甸的历史责任！即将开始的一百天，将决定你们的命运，决定你们的前途，决定你们的未来，决定你们的生存。

　　……

乍一看有些夸张吧？但是，真的夸张吗？

在"家长帮"网站的上海社区，一位网友曾发起"质问上海中考政策的残酷——为何让孩子提前陷入基础教育的战争？"的讨论。

"昔日同回"留言：上海的中考是全国最残酷的中考，是那些早熟孩子的乐园。可是那些牛蛙的爸妈，你们想过吗？宝贝的童年在哪里？我这么说不是因为孩子成绩不好，其实我家那个败家子在学校也是前十名左右，但是这种压力不是十五岁的孩子该有的，真的非常痛心。

"踏雪无痕 101a"留言：高中的教育，不应该缺席，至于最后能否上大学，倒是另当别论。强烈谴责上海，JW（似是"教委"的缩写。）们！

"夜乘风"留言：我觉得楼主的观点是对的，教育局对上海户籍的初中生很苛刻。不知道教育局的主要领导是不是上海人，如果不是，那就不奇怪了。

"zlxuec"留言：偏远地区的学生都能读高中，那是因为读书不再是农村孩子出头的好途径了。想想我们三十年前，读书考大学尽管残酷，但似乎可以一步登天，精英教育带给农村孩子的是免费教育、助学金、包分配。而现在呢，上大学是容易了，但一般农村家庭供养大学生容易吗？！家庭贫困化姑且不说，等进入社会，没有好的家庭背景，一样找不到好工作。还有在城市生存的高额成本、房子……让农村优秀学生都对高中、大学，甚至城市望而却步啊，上高中自然就不会紧张啦！

"anakin07"留言：整个中考是一场战争啊，家长和孩子一起参战的战争。缺谁都不能获得好的结果。

"liumaria"留言：其实从教育的真正作用来看，高中才是一个人世界观形成的重要时期，所以，从对下一代的教育和国家长远发展来看，九年制义务教育有必要改为十二年教育，过早分流，将孩子送入中职校学习，对孩子，绝对是学生时代的一大损失。

……

留言长达二十页。

在辽宁省西部某县，我采访到我的同学小吴。

我和小吴是初中时候的同班同学，她那个时候是班级里的学习委员。上高中以后，她考取了我们当地的一所师专。毕业以后，她分配到我们一起读书的那所中学任语文老师。说起现在的学校情况，小吴娓娓道来：

现在的初中生在学费上并没有太大困难，因为书费、学费都是全免的，向学校基本不交钱。主要困难是中午饭解决不了，他们基本在商店买一些垃圾食品。学校没食堂，家里离的远，学校外边卖饭的现在也取缔了，所以只能吃商店的方便面、炸肠和其他小食品，感觉这一块是个困难。

再有就是家离学校远，上学骑电动车，冬天太冷，他们十几个人拼一个微型面包车，也存在安全隐患，尤其是雪天。

学习上，农村家长辅导不了。他们还不太会教育孩子，到学校总说，我们也管不了，就交给你们了，他就听老师的话。其实，他们也不都听老师的。

我们学校有600名左右的学生，47位老师。老师都很卖力教的，但学生现在的学习状态大不如从前。一大部分虽然能考上高中，但考上好大学的很少。初中毕业的多数都出去打工了。现在一个初一入学200人的年部，到了初三的时候，学生就剩下150人左右。虽然是义务教育，但还是有相当多的学生读不到初三，就辍学走入社会了。

这150多人，其实想读书都是可以升入高中继续就读的。因为现在的高中升学率普遍高，扩招很多。但是学生的学习积极性不高，有的受影视剧的影响，只想吃喝玩乐，不爱读书。

当然，在一些更加偏远的山区，因为路途遥远，学生出山不容易。而那样的学校，老师都不愿意去。师资力量也成了一个大难题。

近年网上流传过两段非常有趣的视频，一段是辽宁某地一所酒店的员工培训，一段是南方某城市重点中学的中考誓师大会。两者看似没有什么联系，餐饮和教育，本来是风马牛不相及的事，可是你细看就会发现，他们有共同的特点：就是都像打了鸡血一样兴奋！

酒店员工培训这个，在音乐和主持人煽动之下，酒店的服务员拼命地冲向人墙。摔倒了再起来，百折不挠，展示酒店员工不畏艰难的果敢。场面相当雷人，看得你哑然失笑。某城市重点中学中考誓师大会，那场景不逊酒店员工的热血沸腾。一脸严肃的学生们，在老师的带领下，血脉偾张，像临上前线一样。巨型的标语横幅，写着中考倒计时。学生代表讲话，煽动情绪，然后是学生列队宣誓。看得你哭笑不得，如鲠在喉。

升个高中值得这样兴师动众吗？

段冉冉老家是建平县的，她是一个性格开朗的小姑娘。本来在建平县的成绩是很好的，可是父母听说，这里的高中教学水平不如朝阳市重点高中的好。进入市一高，就等于一只脚已经迈入了重点大学的门槛。于是，父母果断决定让段冉冉从建平高中转报市一高。分数不够，是可以自费的。差多少分，用钱来弥补，具体怎么样的弥补法不清楚。反正段冉冉就是这样从小县城来到了市内高中读书的。

像这样的状况不少，很多家长为了孩子能有个好的未来，选择了陪读。陪读的状况各有各的不同，家庭条件好的、家庭困窘的都有，反正是为了孩子的上学，倾其全力，在所不惜。

5. 一首歌：残酷高考纲领

转眼我的孩子就要高考了。现在是 2015 年 5 月 12 号，离高考还有不到三十天的时间。孩子住校，学习的紧张程度我感受不到，但是孩子学习态度的改变我是亲眼目睹的。当初文理分科，我没有干涉，任他选择了理科。数理化是他的长项，我考虑的却是文科毕业生在选择工作上，可能更显得有"文化味儿"，当个高层管理人员啦、从事社科研究啦、考公务员啦，我认为是文科生较多。但我历来遵从孩子的意见，随他"自由发展"，也就没有"越俎代庖"。孩子重理轻文的后果渐渐显现出来，语文和英语的成绩都不甚理想，每回考试都严重拉分。

去年我去济宁参加一位老师从事教育工作四十年座谈会，我对老师说过自己的忧虑，老师当即把他的一个做教育培训的学生叫过来，安排他在寒假期间给我孩子进行语文辅导。据老师介绍，这位小师弟在语文考试辅导方面很有一套，经他调教，语文成绩一般都会提高个二三十分。

寒假到了，孩子就读的山师附中正常放假。我听家长们都在埋怨山师附中高三还这么松，都觉得不该放这么长时间的假。春节刚过，我就征求孩子意见，问他愿不愿意去济宁接受语文辅导。孩子考虑了半天，答应了下来。

接着，我们准备好礼品，一家人开车去了济宁。

在济宁，有同学请客，我趁机"发表"了有关语文学习的经验。可怜当爹的，平时说了孩子不听，只好借着饭桌上他在时讲一讲，能进他心中一点，也是好的。

我说，语文学习其实很简单……当时还有一个今年即将参加高考的学生在场。我还说，你们要听我的，我三句话教你们把作文写好了……

呵呵，也不知两位高三学生听进去没。

如果我改行，我就会教学生"轻松写作文"，保证个个是人才。显然，我改不了行。

临近的上次考试，孩子的语文成绩仍旧没有明显提高。我想，生活是什么？生活就是教训。没有教训，无法让一个人成长。如果孩子在语文学习上跌了跟头，也是理应经受的。任何教训都是无法避免的。

高考历来就是难。

中国当代的高考制度曾因"文化大革命"中断了十年，至 1977 年，方得恢复。那年 9 月，中国教育部在北京召开全国高等学校招生工作会议，决定恢复已经停止了十年的全国高等院校招生考试，以统一考试、择优录取的方式选拔人才上大学。恢复高考的招生对象是：工人农民、上山下乡和回乡知识青年、复员军人、干部和应届高中毕业生。

高考制度的恢复，改变了无数人的命运。我记得，那年有一天我的一个上初中的堂哥放学后对我说，好好学习吧，小富（我的小名），学习好能够考大学。虽然我并不真正明白是怎么回事，但我竟然深受鼓舞，做饭烧火时，我对弟弟说，将来我要考大学，并情不自禁地对着锅底的火苗呼喊：

"华主席万岁！华主席万岁！"

我一点都没有夸张。时代的烙印在我们身上该有多么深刻。

1977 年冬天举行的全国高考，有 570 多万人参加，按当时的办学条件却只能录取不到 30 万人。成千上万的人重新拿起书本，加入到求学大军中去。

考大学有多难？反正在我之前，我们庄上，只有一个人考上了济宁师范专科学校。后来我的二弟考上了太原矿业学院，四弟入伍，考上了军校。我从曲阜师范学校毕业，参加成人进修考试，考上了青岛大学的作家班，上了一个月，又转学到当时的济南师专，毕业时济南师专更名济南大学，我拿的就是济南大学的文凭。

考大学是农民子弟改变命运的重要途径。实际上，正是因为重要，考大学才难。

但考大学难，并不只在中国。据 2012 年 4 月 10 日"网易教育讯"报道，美国高考比死刑残酷；日本考生一天只能睡四小时。

网上流传的一首《残酷高考纲领》中唱道：

六月七号神圣的时刻已来到，

手拿考场号，命运更改轨道，

开考前，心开始狂跳，

脑海中空白一片全是问号，

心中气焰燃烧，额头青筋暴冒，

考题似乎在对我叫嚣，

怎能忘，艰辛的成长，

多少人因为做题做到疯狂，

习题漫天飞扬，凌晨情绪高涨，

咖啡是必备的干粮，

十二年苦寒窗，锥刺股头悬梁，

只为拼搏这一场……

创建于 1951 年的河南省郸城县第一高级中学，是河南省级示范性高中。从学校网站上，我们看到学校于 2015 年 5 月 4 日，隆重召开了第七届十八岁成人仪式暨奠基高考决战 2016 誓师大会。

据 2014 年 6 月 3 日《东方今报》报道，一进郸城一高的校门，任何人都会被两侧的墙壁所震撼。在高达四米多的门洞两侧墙壁上，一侧贴的是 2013 年郸城一高被二本以上高校录取的部分名单，密密匝匝一直顶到天花板，足有三千多人；一侧则是学校荣誉墙，近百块"优秀学校""先进单位"的匾额占据了整面墙壁。整个校园，如同进入临战前的军营，各种横幅、标语几乎布满每一寸空间，空气中都能闻见"高考"带来的火药味："要成功，先发疯，下定决心往前冲""尊严来自实力，成绩源于实干，别人在拼杀，你

高考考场外焦急等待的家长 （摄影：王方晨）

在干什么""今天，你努力了吗？别丢了野心和欲望""眉毛上的汗水和眉毛下的泪水，你选择哪个"……

为让学生保持斗志，郸城一高提出"六百天冲刺"。每天上午 8 点上课前，每个班的学生都会全体起立，举右手宣誓："我庄严宣誓！在高考冲刺最后的日子里，我将唤醒我所有的潜能，我将凝聚我全部的力量！"高亢激昂、豪气冲天的声音从校园传播出去，传出好远。

考试多，密度大，是高三学生每天生活的常态。从 5 月 20 日开始到 6 月 5 日，两天一轮全仿真考试，完全像高考一样。这样频繁而密集的考试目的是为了让学生在高考时依然保持"手感"。

上午、下午、晚上共有十一节课，由老师上课讲解；四节自习课，学生大部分时间用来复习和做题。其间，学生的休息时间只有午饭一个小时、午休一个小时、晚饭一个小时。这是郸城一高制定的从 6：10 至 22：20 的作息时间表。很多学生都养成了快走或小跑的习惯，并有着自己严密的轨迹设计，以最大限度地节省时间。

学生紧张，压力大，老师也不轻松。据报道，郸城一高实行全员聘用制和职级工资制，每年暑假都要进行全员聘任。校长聘年级主任，年级主任聘班主任，班主任聘任课教师，并对聘任的教师进行考核，根据考核确定 7 个档次的职级工资，防止平均化和吃老本。另外还制定了针对教师的激励措施。以 2013 年为例，高三教师高招奖最低的能拿到一万元，最高达到四万元。

高三考试多，每次考完，每位老师都面临上千份的评卷量。一位老师介绍说："为了第一天考完试，第二天就能点评试卷，在郸城一高，老师们改卷从来不过夜。"改卷就像老师的"农活"，"抢收"是家常便饭。有时为了连夜将卷子改出来，老师连吃饭的时间也没有，经常"一手拿着馍，一手用鼠标改卷"。

河北省的衡水二中更像是高考里的"神话"。2013 年 5 月 28 日新浪网有篇转载报道——《衡水二中震撼场面曝光，网友称其高考集中营》。从图片上我们看到"不苦不累，高三无味；不拼不搏，高三白活"那样的横幅，还有教室里"拼十年寒窗，赢一生荣光"的标语。在该校临近高考一百天的宣誓大会上，领讲人带着全校学生喊："一三高考，谁与争锋。英雄少年，唯我二中""决战百天，我必成功！我必成功！我必成功！我必成功！"

北衡水，南黄冈。衡水中学因创造了衡水模式而闻名全国，后被衡水二中反超。

"有人说二中是地狱，我想说二中更像炼狱，因为它能通向天堂，二中是通向天堂、让人升华的必经之路。"

"我想说，二中是完美的模型，能把你塑造成自己想要的理想模样。"

"我想说，二中是战场，让你无怨无悔地在这里抛洒青春热血。"

"我想说，二中是成功门，迈进它就通向了成功。"

"我想说，二中是蹦床，能给你弹跳的力量和冲刺的高度。"

"我想说，二中是超强磁场，只要被吸住，就会释放无限能量。"

据说这是衡水二中学子语录。

在某年高考前动员会上，山东省邹城市二中的仲崇波校长，带领全体同学高声朗诵了这样一首"理想之歌"：

> ……
> 短暂的痛苦与未来的前程相比，算得了什么！
> 为了理想，我甘愿忍受寂寞；
> 为了未来，我甘愿品尝痛苦。
> 寂寞充实我竞争的能量，
> 痛苦磨炼我飞翔的翅膀。
> ……
> 我要将学习进行到底，
> 我要到大学圆梦！

谁也不能拦我，

谁也拦不住我！

我是自己命运的主宰，

我是自己灵魂的统帅，

我是新时代的有志青年！

……

我也想说，你们说的这一切，没有一样不对。可是，似乎……但我绝对能够理解，因为你们毕竟生活在眼下的这种社会环境。不竞争，即意味着被淘汰。

压力就在那儿，不需想象。

2014年10月11日人民网报道，当日下午15时左右，河北衡水二中一名女生在校内跳楼。该女生为衡水二中高三学生，从学校六楼跳下，后被送往医院救治无效死亡。没过一年，2015年的3月29日，又一高三学生许某在学校跳楼身亡。

于是有人发现，衡水二中教学楼加装了铁栏杆。铁栏杆把教室，把学生，把老师，拦在了身后……

高三学生不堪压力跳楼的新闻屡见不鲜。2014年3月13日晚上，浙江省温州市平阳县萧振高中，一名高三学生快步跑到窗口跳下。2015年5月4日，江西省上栗中学一名高三学生教学楼前坠地身亡，此前还有一名高二女生服毒身亡。2015年1月12日，河南省一高三女学生跳楼自杀……

这真是血淋淋的事实，令人不忍直视。事实背后的原因复杂，我们不能简单做出判断。但是，我仍旧希望类似"为了爹娘，为了自己，拼了！""要成功，先发疯！""尊严来自实力，别人在拼杀，你在干什么？"这样的口号能少一些。

我曾给自己的孩子说过多次，我说，你放心，只要你尽自己能力去学习，我们会一直支持你，直到你实现自己的人生目标。至于孩子有什么样的人生目标，他不说，我也想象不出来。我只当他还没有，还没到时候。哪个大人又真正能看到自己三年、五年、十年之后的境况呢？何况一个对社会还不甚了了的孩子。但是，显然，他已经在给自己加压了。上周的五一小长假，他与同学相约，主动报了一家高考提分班，事前给我说，他拿自己攒的私房钱交一部分学费，然后再由家长赞助一部分。我答应了下来。上课的时候，他准备自己乘公交车去，我说，我开车送你，这令他喜出望外。

6. 传说中大学就是人间天堂

当年我上济南大学，是参加工作后的干部进修，上学带着工资，如果不是考虑日后工作的去向，学习、生活是非常自在的。我没有感受到上大学的艰难，那时候上大学，毕业后基本上都能找到工作，因为国家还包分配，所以，对很多人来说，大学时光，就是快乐时光，大学生，当时还称得上是时代骄子。

可是大学生从何时起不再如此"骄"了呢？

可能要追溯到 1996 年 1 月 9 日人事部下发的《国家不包分配大专以上毕业生择业暂行办法》的通知。我也是刚刚知道有这么个文件。

1996 年 1 月 9 日，这是一个应该记住的日子。从这一日开始，笼罩在大学生头上的光环，渐渐隐去。特别是在农村，时不时能听到这样一种议论：大学考上考不上一个样。

事实上，上不上大学还真不一样。显而易见，不少人仅仅是盯在包不包分配上，有种急功近利的心理。但是，不可否认的是，相比之下，大学已经变得不像 70 年代、80 年代那样难考了。

1999 年，教育部出台的《面向 21 世纪教育振兴行动计划》提出，到 2010 年，高等教育毛入学率将达到适龄青年的 15%。随着高校扩招，考大学变得容易一些了，起码考入普通大学不再是难事。但过度扩招的后果是高等教育质量的下滑，大学生就业困难。至 2012 年 4 月，教育部发布《全面提高高等教育质量的若干意见》，明确提出今后公办普通高校本科招生规模将保持相对稳定，长达 13 年的本科扩招开始被叫停。

那首网络歌曲《残酷高考纲领》还这样唱道：

> 高中后，就不断畅想，
> 传说中大学就是人间天堂，
> 只要能够考上，哪怕面瘦肌黄，
> 范进是我们的榜样，
> 风里来，天苍苍，雨里去，夜茫茫，
> 胜利终点在何方？

大学是天堂吗？是，也不是。在大学没有了中考、高考的升学压力，但并不是没有了学习和生活的压力。大学时光又漫长、又短暂。说漫长，是因为经过了三四年的学习，一个个青葱少年，成长为一个个风华正茂的青年。说短暂，是那懵懂的眼睛不过才刚刚睁开，就面临着更为严峻的就业问题。从出生到大学毕业，多数学生依靠爹娘，但不能永远依靠爹娘。杨曾宪先生在其发表在《社会科学论坛》2007 年第 1 期学术评论卷的文章《"上学难""就业难"与中国高教大跃进危机》中，深刻分析了大学生上学难的成因，一是高教"唯市场化"，二是高教大跃进。

据社会科学文献出版社出版的《2006 年：中国教育的转型与发展》显示，现在公办大学普通专业每年学费在七千元左右，艺术专业普遍在一万五千元左右，培养一名本科生，全部费用在八万到十万之间！大学学费在二十年左右的时间，上涨了二十五倍，十倍于居民收入增长速度。

一幕幕因高额学费而导致的人间惨剧，一再上演。有贫穷父亲为儿子上大学费用犯愁而绝望自杀的，有为女儿凑齐学费母亲辛苦劳作致死的，有贫困女大学生打工挣钱、惨遭色狼老板强奸的，有大一新生挂"卖身契"街头筹措学费的……

早在 1988 年，我参加成人进修，考入青岛大学作家班，需交纳两千六百元的学费，但单位无法解决，只给我拿了五百元钱。那时我才参加工作两年，除了拿到过一笔"巨款"——小说处女作《林祭》的三百六十元稿费外，根本没有自己的积蓄，只得从父母那里要了两千元钱。入学后，我为自己参加工作不能帮助家里，反而还向家里伸手感到极为愧疚，经过一阵思想斗争，只上了一个月就坚决要求退学。学校退给了我两千元钱，我回到家马上把钱交还给了父母。但是，我又不愿回到原单位上班，只好在一个姓阚的剧作家同学的帮助下，暂时去了他的同事家里。他的同事也是一个剧作家，我们在一起住到过了元旦。剧作家帮我分析当前的处境，认为我的出路还是得上学。当时北京的鲁迅文学院办了一个作家研究生班，招的学生有莫言、余华、迟子建、刘震云等文坛大腕，紧随我从青岛大学退学的一个同学去了那里，他邀请我参加，但是八千元钱的学费让我想都不敢想。剧作家帮忙联系了当时的山东省作家协会副主席，副主席说济南有个只收一半学费的济南师专作家班，我可以转学到济南师专。这才有了我在济南师专作家班进修的事情。没到毕业，我的新工作落实，连那一半学费也没交，我就提前上班了。结果，毕业证至今也没拿，怕的就是学校再给我计算学费。

2003 年 8 月 25 日，中煤信息网报道，一位矿工因无法给自己考上大学的儿子筹措学费而自杀。《华西都市报》2005 年 8 月 14 日报道，一名已被成都某名牌大学录取的十九岁女生在即将踏入大学校园之际服毒身亡。厦门网2010 年 8 月 31 日报道，从女生黄蓉接到福建师范大学录取通知书的那天起，一家人就开始为一万五千元的费用发愁，母亲郭妙珍甚至想过服老鼠药自杀……

听起来非常痛心，我只能说，这些是真实的。

大约在 2007 年，我有一个在老家教委工作的同学，孩子考大学，打来电话问我能不能帮忙给问问当地的石油大学教育学院。我帮忙问了，却没有被录取。后来，他告诉我，孩子上了山东师范大学的一个什么学院，好像是跟新西兰合办的。我对大学一点不懂，但同学的感叹我是听到过的。有一次同学叹息说，孩子上这个大学，光学费就让他喘不过气来！而我同学夫妻俩都是国家公职人员，他们竟反映如此艰难，可见，对于一般家庭，高额学费难以承受的程度。

2010 年我来济南上班，老家的堂侄考上了济南的某高校，我是亲眼看见堂哥为孩子的学费操心。孩子入学后的某段时期，还边学习边去饭店打工挣学费。这说好听了叫勤工俭学，我没说的。别说去饭店，为挣学费，做什么的没有？媒体上就有报道，大学生为筹学费挨家挨户送色情小报，送一张 0.025 元，发一千张挣 25 元钱。

2014 年我完成了一部中篇小说《遗情录》，里面的女大学生小萝卜被人包养……小萝卜已习以为常。别说这是虚构，据我所知，生活中这样的事不在少数。梁晓声的小说《贵人》，也是对这一事实进行描述。我想，作家们的讲述，不可能是空穴来风。

好不容易熬到大学毕业，就业问题又摆在了学生面前。据说，大学生就业必备五大证书，毕业证（学位证）、英语证书、计算机等级证书、学校荣誉证书、专业资格证书。

在 2015 年 5 月 11 日中国人才指南网上，我们看到这样一篇报道。一名普通二本的准毕业生在大学期间狂揽六十五个证书，证书平铺有五平方米大，摞起来也有一点三米高，被网友戏称为"证霸"，然而在两个多月的时间里，这位同学投出了五十多份简历，却没有收到过一回面试通知。

什么原因？这么多有含金量的证书，包括国家职业资格类证书六个、国家级荣誉证书五个、省级荣誉证书十五个，难道还不顶事？比他大一级的学长告诉他，自己以本科学历求职的时候，也几乎同样接不到面试的通知，可自从考上了 985 院校的研究生后，研一时投简历就几乎"百发百中"。后来进了一家世界五百强企业，工作三个月就升职加薪，一年后就拥有了"年薪二十万+提成"的待遇，他现在已经是河南地区行业总监。

学长以自己的亲身经历告诉他，一份好的学历太重要了，而这位"证霸"同学上的只是一个普通二本。

这位"证霸"就业难的事实催人反思。为什么要考取这么多证？还不是因为就业形势严峻。

考证，读研，不单是这位同学的选择，而是绝大部分大学生的选择。每年不知有多少大学生加入到浩浩荡荡的考研大军中来。考研，被很多人认为是第二次高考。

2013 年 8 月 30 日，中国衡阳新闻网：8 月 26 日，星期一，早晨 7 点，南华大学还未苏醒的校园里，却有一个地方已经热闹起来——南华大学图书馆考研自习室。

在这间教室开放的第一天，备战 2014 年研究生考试的南华学子早早来到这里，用占到一个自习座位的方式正式开启自己新学期的考研生活。记者看到，南华大学图书馆考研自习室，这间可容纳约两百人的教室已经有一大半被占满了，同学们忙着挑选中意的座位，然后擦去桌椅上的灰尘，并把厚厚的书本摆在桌子正中间。在教室中的柱子上，贴着的"考研专业课"广告，成了这间教室的"考研"标签。

当年，全国硕士研究生招生总规模达 53 万人，报考人数再创新高，达 180 万。

2014 年 12 月 28 日，《武汉晚报》报道，2015 年全国硕士研究生招生入学考试正式开考，湖北省十万大军赴三十七个考点应考。而去年还要更多，全省考研总人数为 101808 人。

2014 年 10 月 15 日《华商报》报道，陕西省参加 2014 年研究生考试的人数为 73393 人，全国硕士研究生招生考试报名总人数为 172 万。

2014 年 7 月 17 日，中国青年网：昨日，山东省济南市皇亭体育馆内，众多学生上考试辅导课，呈现一位老师为三千六百名"考研族"上大课的壮观场面。

2014 年 11 月 24 日，西部网—陕西新闻网：由于没有被安排为上课教室，西北政法大学教学楼 B 座四楼和五楼成了考研族的聚集地，考研学生天不亮就来，自备水壶板凳。

2014 年 12 月 29 日，中华网：昨日，西安建筑科技大学一栋教学楼外，二百多名准备考研的学生为了能有一个固定的座位排了十多个小时的队。校学生会此前通知当天下午 16：30 将统一发号，领到号的同学就可以在考研自习室里拥有一个座位。

为了考研，很多大学的宿舍楼还没开门，就有考研学生在走廊窗台晨读，校园里随处可见考研大军晨读的身影。为在图书馆和自习室寻找"一席之地"，常常出现学生争抢座位的情景。吃过午饭，疲惫的考研同学不过是趴在桌子上小憩一会儿，就又开始了下午复习。哪怕是晚饭时间，考研学子也会为了错开食堂高峰期，还要借着夕阳再看一会儿书。晚上，图书馆和考研自习室里，仍然是考研大军在复习，安静的教室里偶尔会传来翻阅书本的声音。临近深夜，认真的考研大军并没有回寝室休息，考生们都把头埋在了高耸的复习资料里。

与此相类似的还有考公务员大军。据了解，大学四年级学生提交报名登记表和报名推荐表，凭这些证明就能报考公务员了。报名登记表不需要学校盖章，报名推荐表中有"院、系党组织对学生在校期间德、智、体诸方面的综合评价""主要课程学习成绩""院校毕分办意见"等多处需要院系和学校盖章，可能需要跑好几个部门。

国内争考公务员的盛况，没有别的国家可比，那真是千军万马争渡，当惊世界殊。

2009 年 12 月 14 日，《温州晚报》报道，温州本年度有近 4.2 万名考生角逐 1166 个公务员职位，报名人数超过去年同期的 3.8 万人，最热门的一个职位是市委组织部党员电化教育中心的"综合管理"，有 499 人报名，这近乎彩票中奖率的考试竟让这么多人趋之若鹜。

我们从凤凰资讯发展论坛 2008 年 10 月 16 日发表的文章《公务员考试是千军万马争"金饭碗"？》了解到，各用人机关在网上发布招考信息的第一天，由于访问人数过多，人力资源和社会保障部网站自 9 时不到就被"挤"瘫，无法正常登录阅览。文章分析，国企工资低，外企不稳定，自己创业亏赢不定，都是让很多人选择公务员的重要原因。人民网 2013 年 11 月 17 日报道，2013 年 11 月 24 日，2014 年"国考"启幕，152 万人走进笔试考场，角逐 11729 个国家公务员职位。本次国考最终共有 152 万人资格审查合格，超过去年。平均每个岗位有 77 人竞争，其中 37 个招录职位的报名比例超过1000∶1。今年最热职位竞争比为 7192∶1。

于是，有人说，考公务员，难似古代登进士……但不论是考研，还是国考，种种现象说明的只有一个问题，那就是就业难。杨曾贤在《"上学难""就业难"与中国高教大跃进危机》中提到，《南方周末》一篇关于西部贫困大学生的报道，记者看到的招聘岗位不过是："导购员、沙锅师、饺子师、点餐员、传菜工……"开出的月薪只有三五百元。就这，还挤满了前来应聘的大学生！

有的人考研了，有的人还要考博，有的人出国留学……即使有的人十分幸运，大学毕业后就马上找到了满意的工作，也不能说是万事大吉。人生的难题正纷至沓来，焦头烂额之时，还在后面。尽管如此，我们也最不愿看到，学生一毕业就失业，但这恰恰就是现实。

我的人生其实缺一所大学，没有读过高中和大学，一直以来是我心底的一个隐痛。2012 年偶然的一个机会，我有幸进入辽宁省一所很出名的大学教授他们戏文系的课程。就是说，我没有读过大学却当了一学期的大学教师。

这使我有幸接触到了大学生，洞悉了他们的生活状态。虽然这所大学不能完全代表全国大学的状况，但是整体应该是差不多的。

首先是这所大学设置的学科我觉得就很有问题。比如我教授的学生他们是戏文系，当时叫我很是吃惊。因为我自己是专业的戏剧编剧，像我这样的编剧写出的戏剧都很难有排演的机会。他们选的戏文系怎么写戏呢？写出的戏给谁演呢？

更为滑稽的是，他们戏文系是开设影视编剧课程的。由我来教授电视剧写作。我有点不知所措，我写的电视剧也不多，应该说我不是那种全国一线的电视剧编剧。那这些孩子怎么就有这样的课程呢？他们都不知道剧本的格式，都没有写过一个影视剧本。刚接手的那几天，我深思熟虑，决定先教他们最基础的影视编剧知识。先从格式开始，规范一下，然后从微电影讲起，叫他们知道现在的影视剧领域到底是怎样的一个现状。

大学课堂上五花八门，真正学习的孩子不多。大学生都在忙着干什么？这就是我要的大学吗？如果这都是真的，那我为没有读过高中和大学感到庆幸。首先是学生的出席率问题，尤其是早上的课程，他们起不来，不来教室；来教室的也是带着吃的喝的，课堂上只费流量，不费脑子。我曾经看过一个报道，一个老教授在课堂上上课，可是下面只有一个学生在听。

其实这一点都不是危言耸听，假如老师放任自流的话，课堂上没有学生的情况是会发生的。针对这样的状况，我制定了严格的点名制度。只要你不来或者迟到，我就记下来，期末考试挂科重修。只有这样的严格制度，他们才会有所忌惮，出席率就上来了。

其次是学校对课程的设置不科学、不系统。就是说很多老师讲授的课程是写作课，可是老师都不会写，却要在课堂上灌输给学生写作知识。学校是不会过问老师具体讲什么的，学生也是懒洋洋地接受，你讲什么听什么。

全班最后的考试成绩有四个我打了满分，这在这所大学的考试中基本没有。我觉得写作是一个天赋极高的事情，起码在我看来，这四个学生是有将来从事写作的可能性。四个学生我直接给了挂科重修。他们基本是不来上课的，有的一次都没见到。到了挂科的时候他们托人找我，我这样回答他们，我肯定不能更改我的决定。你要是有本事，就找校长协调这事。后面的事情我不过问，我只管我的内心，这一学期你的表现就只能是挂科重修。

一个学期过后，我没有继续任教，也没有考虑调到大学教书育人。我觉得我进入大学教课心会很累，因为我太过认真，跟学校教学理念不能保持一致，跟学生也不会妥协。在这所大学的教书过程中，我一直在隐隐担忧。如果这样的大学在全国是普遍的，那中国教育是有问题的。

从幼儿园开始，我们的孩子就开始背负沉重的包袱。学习，学习，小学，初中，高中，真是寒窗苦读。可是到了大学，怎么就突然松弛下来了？我的眼睛告诉我，这是真的。我的心告诉我，这是不对的。前紧后松，那大学的设置还有什么意义呢？

这只是我个人比较狭隘的想法和眼光，我是对大学的教育深感失望的。

我比较关注中国电影，看到的一些青春电影，如《致青春》等，在电影里面展现的大学生活，很少能够看到学习的状况，基本都是一些青春男女的爱情迷茫，大学似乎成了一部青春的堕落史。我就在想，我们的编导到底怎么了，为什么不写大学生的学习和生活。等我在大学待过一个学期以后，我明白了，不是编导的乏力，而这些似乎就是当代大学生的真实写照。

他们的内心到底什么样？这是我比较感兴趣的。所以在当他们老师的时候，我也做了他们的朋友。我的几个大学生朋友，毕业以后还跟我继续来往。其实，他们当初选择这样的科目也是无奈或者是无知的。上大学后才知道，根本不喜欢或者自己不适合这些，听课上课其实就是为了混个大学毕业证。为了以后找工作好找，他们只能忍耐学自己不感兴趣的专业。我的那届大学生毕业以后，没有一个从事戏剧创作。学非所用确实是现在大学里的一个普遍现象。

再就是大学生毕业以后就业难。2015 年 11 月 28 日，长春举行 2016 届毕业生教育人才招聘会。三万多名来自全国各地高校的毕业生到场求职。长春天降大雪，最低气温零下 15 摄氏度，但是仍有大批求职者提前近一小时排队等候入场。据统计，2016 年全国高校毕业生预计超过七百七十万人，再加上海外留学回国以及往届未就业毕业生，就业形式依旧严峻。

通过交流，我也知道一些这样的情况。比如有个男生，每堂课都来听讲。他不犯错，学习成绩中等，合格就成。但是大学四年期间，他自学了自己感兴趣的学科，毕业以后，他竟然到医院去工作了。

那所大学每年的学费是一万五千元，很多家境不好的学生，就拼命出去打工。以下是网上流传的一个女大学生写给她妈妈的信，看着俏皮幽默，却也表现了现在大学生的不容易。

亲爱的老妈大人：

您好！

见字如面，见面给钱。

我的小心脏啊，拿钱，这个月又花光了。宿舍的舍友张罗聚会，AA 制，所以预算就超额了。知道你得说我乱花钱，我真没有乱花钱。学费一万五是学校收您的，不是我消费的，我口挪肚攒不容易，都是一部血泪史啊。

老妈，闲言少叙，直接算账。

先说吃饭，民以食为天，闺女也得靠吃饭活着。

早餐：豆浆 1.5 元，夹饼 2.5 元。4 乘以 30 等于 120 元！补充：贵的不敢吃……

午饭：6 元，想吃饱加 3 元！（贵的不敢吃）

晚饭：6 元，想吃饱加 3 元！（贵的不敢吃）

平均每天 15 元，午饭加晚饭共计 15 乘以 30 等于 450 元！

晚上饿了吃包泡面，涨价了，2.5 元！平均每月 15 次共计 15 乘以 2.5 等于 37.5 元!

共计 120+450+37.5=607.5 元!

再说生活，太没质量也不行是吧。这些高贵的我都不敢想，随大流就烧高香了。

牙膏+牙刷+肥皂+洗衣粉+洗发水+沐浴露+洗面奶=80 元

卫生纸+洗澡+电费+打印课件+学习用具=55 元

话费 50 元!

共计 185 元!

吃饭加生活共计 807.5 元!

附录：以上统计必须满足以下条件：

1. 坚决不生病不吃药!

2. 坚决不买任何衣服!

3. 坚决不喝牛奶饮料，不吃鸡腿鱼类不喝茶!

4. 坚决不离开学校，任何节假日不回家，坚决不接待任何同学朋友!

5. 坚决不请客不送任何人礼物!

6. 坚决不缴纳任何集体费用!

7. 坚决不买任何书!

8. 坚决不理发不做头发!

9. 坚决爱惜手机电脑不损坏不维修!

10. 坚决不买任何资料不考各种证!

11. 坚决不去任何收费景点不参与各种收费活动!

12. 坚决做一个坚强的自控人，艰苦奋斗，自强不息!

13. 坚决不谈男女朋友，为了祖国的事业耽误自己的婚姻!

14. 坚决不上网不查资料!

15. 坚决不损坏个人与集体任何物品!

16. 坚决不随意参加与任何同学联系，以节约话费！

17. 坚决不吃水果及各种零食！

注：一旦有上面五条以上者 1000 元是绝对不够的！十条以上者，1500 是挡不住的！

唉，老妈大人，大学的钱，流过的水，说没就没！大学的苦，要考的证，越来越难！大学的事，说多不多，说少不少！大学，我们向往的大学！唉！全是眼泪！有木有！

老妈，啥话别说了。要怪就怪你养我这么大，供我上大学。你说你和我爸咋就这欠呢。

擦干眼泪，拿钱吧。

第二章　为了看阳光，我来到这个世界上

1. 在济南上学

每个孩子都应该被宠爱

我住在靠近济南市政府的一家小区，早知道我们小区有家高收费的幼儿园。一天下班回来，遇上同楼的邻居带孩子回家，就问那孩子上几年级。

没想到孩子妈妈说："上幼儿园。"

"是我们小区的幼儿园吧？"我问。

"不是，是另一所幼儿园。"

我问："为什么不上我们小区的呢？"

"太贵。"

我问："你上的每月多少钱？"

"一千九。"

"也不便宜啊！"

那天去燕山新居幼儿园采访时，园长告诉我，在济南市的花园路上，有个新建的高档小区，与小区配套的幼儿园设施，原本是北京一家教育机构为办高收费幼儿园买下的，但在年前，这家教育机构考察市场后，决定放弃计划，向社会招租。

　　无疑，园长向我传达的是一个喜讯，那就是由于公办、普惠的冲击，济南正渐渐失去高收费幼儿园生存的土壤。

　　学前教育不属于义务教育，在很长一个时期政府的投入十分有限，具有大量优势的公办幼儿园在减少，家长只有选择私立幼儿园，而私立幼儿园的性质，决定了它以牟利为主。可是，相对设施配置高的私立幼儿园，投资也高，在与牟利赚钱的不可调和下，收费高也就成为必然。据《四川日报》民生版 2010 年 8 月 3 日报道，当时在成都成华区，公办幼儿园数量极其有限，全区有 107 所幼儿园，但是公办幼儿园只有 3 所，能进入公办幼儿园就读的不到两千人；武侯区的情况相对较好，全区 121 所幼儿园，公办幼儿园有 22 所，但所占比例也不足 20%。而在全国，公办幼儿园仅占幼儿园总数的 20%。

　　投资兴建一个正规幼儿园，少则几百万，动辄上千万，没有哪家投资方不想尽快收回成本。在公办幼儿园数量十分有限的情况下，民办幼儿园的收费自然跟着市场走，这是市场行为，自然无可非议。

　　公办幼儿园数量大大减少，得追溯到 20 世纪 90 年代末企事业单位改革的深入。可是，现如今的城市，岂可比之过去？在大量的流动人口出现，城市规模极度扩张之下，公办幼儿园却反而没有增加。国家有关文件规定，学前教育是"以公办为示范，以社会力量办学为主体"。请看清这个"社会力量办学为主体"。

　　市场化高价幼儿园的应运而生，一点也不意外。

　　按照规定，新小区必须要有配套幼儿园建设。但问题是，既然国家不增加公办幼儿园，就只有用"社会力量"办园。

　　就像我们小区，新配套的也就只能是高价幼儿园。

　　一对小夫妻，收入有限，很多家庭还要贷款供房，动辄每年数万的幼儿园学费，甚至超过了大学，不能说不高。而低价幼儿园，又不能让人放心。

　　据人民网 2010 年 6 月 21 日消息，上海幼儿园资源最稀缺的是两类：一类是以公办的市级示范性幼儿园和民办高端幼儿园为代表的优质幼儿园；另一类是由于外来人口和新建小区急速增加，在浦东新区、闵行区、松江区等人口导入区域出现的配套幼儿园。

怎么解决"入园难"问题，自然是调整结构，并加大数量。

有人分析，目前公办幼儿园太少，是导致市场不规范的一个重要原因。政府应参照《义务教育法》制定有关普及标准，担负起这个责任。据报道，"十一五"期间，北京市将学前教育发展列入国民经济整体发展规划，正在逐步形成以社区为依托，以公办园为基础，以其他各类社会力量办园为基本形式的学前教育体系，不断满足人民群众对三到六岁学前教育的不同需求，重点启动学前教育四项工程，包括公办幼儿园新建工程、公办幼儿园改扩建工程、办园条件改善工程、师资培养培训工程。通过新建公办幼儿园、接收小区配建幼儿园、增建小学附属幼儿园、新建街道幼儿园等方式，提高公办幼儿园的接收能力。努力改善办园条件，引导奖励民办幼儿园规范办园，加快幼儿师资培养，尽快缓解入园紧张的状况。在财政支持方面，北京市也进一步加大了力度，2009 年投入 3000 万元，在幼儿园扩班 300 个，增加近 9000 个学位；2010 年继续投入 3000 万元，再扩班 300 个，同时投入 6000 万元改扩建 30 所幼儿园。这两项措施增加学位近两万，在一定程度上缓解了现有入托压力。

上海则从 2007 年起，开始为缓解"入园难"进行了尝试。2007 年，上海市决定，在郊区、大型居住区等教育资源不足地区，新建四百所幼儿园，以每年新建五十所以上的速度增加幼儿园资源的供应。这些新增幼儿园，几乎全部建设在浦东新区、闵行和宝山等人口导入和增幅较大的区域。严格落实公建配套规划，是增加幼儿园的首要方式。比如上海市杨浦区，在有大量年轻人入住的新江湾城小区，就规划了可以容纳十个班的幼儿园。浦东新区 2010 年新建了二十所公办幼儿园，松江区 2010 年新建了五所幼儿园。而针对老城区人口密集，难于新建幼儿园的情况，采用调剂、改建的方式改善

"入园难"。闸北区连续三年，已将八至十所中小学搬迁腾出的校舍改建成了幼儿园。对中小学来说不够宽敞的旧校舍，却能让一所幼儿园达到每班拥有专用卧室、活动室、卫生间的运行指标。针对非上海户籍适龄儿童的增长，上海则尝试采取政府向民办幼儿园购买"学位"和鼓励、规范兴办收费较低廉的三级民办园或"看护点"的办法，补足公办学前教育资源的不足。上海市教委一位副主任透露，2009 年，上海学前教育每个儿童的平均费用中，政府财政性投入已达到 68.04%，大大高于全国平均水平，而且今后还将加大投入，提高成本分担中的比重。

据东方网 2014 年 9 月 1 日消息，上海市发展和改革委员会（物价局）、上海市教育委员会、上海市财政局联合对 2014 学年上海市主要的教育收费项目和收费标准予以集中公示。在公办学校中，寄宿制市级示范园每月最高收费 800 元，一到三级幼儿园每月最高收费 290~390 元不等；全日制市级示范园每月最高收费 700 元，一到三级幼儿园每月最高收费 125~225 元不等……

近年来，济南新建、改扩建幼儿园 112 处，全市普惠性幼儿园占注册幼儿园的比例达到 80%以上，在普惠性幼儿园就读的幼儿达到 82%以上，"入园难"和"入园贵"的问题得到有效解决。

济南燕山新居幼儿园紧邻奥体中心，本是一家村办幼儿园，自 2013 年 1 月 1 日起转为双轨普惠性质幼儿园，2010 年被济南市民政局授予"济南市先进社会组织"，2011 年被历下区民政局授予"2010 年度民办非企业诚信单位"，2014 年被授予"山东省级示范幼儿园"。

那天在燕山新居幼儿园采访，济南市教育局的一位负责同志介绍说，收费高的一般都是以社会力量办学的幼儿园，济南的"普惠"幼儿园收费都不高，大体是市级一类园每月 260 元，示范园每月 400 元，在整个济南市，达到每月 800 元的，不过八十家。

这是历下区第三实验幼儿园园长张悦女士写的一首诗《最好的未来》：

历下区第三幼儿园教学楼室内一瞥 （摄影：王方晨）

每种色彩都应该盛开/每朵浪花一样澎湃/每个梦想都值得灌溉
每个孩子都应该被宠爱/他们是我们的未来/这，就是最好的未来

作为省级示范幼儿园的历下区第三实验幼儿园，是 2012 年 5 月才建成使用的。这所幼儿园本是小区配套的设施，由开发商免费移交给政府，具有十个班级四百多个孩子的规模。

建设现代化、精品化、特色化的整体环境，这是他们的目标。幼儿园里，远不是过去人们想象的那样。他们不断加强现代化教学设施建设，建立电子备课室，与市区教育局办公平台实现对接，完全实现了办公自动化，教学网络化，家园沟通信息化。这是硬件。

过去人们常会认为，幼儿园老师不过是看孩子的，称呼幼儿园老师为"阿姨"。多少年来都是你叫着，我答应着。而现在，他们是老师。不光是女性，也有男性。

建园以来，第三幼儿园为教师订阅报纸、杂志共计四种二百多份，教师图书近千册。就在去年，第三幼儿园还被确定为山东省首批"数字图书馆试点单位"。

第三幼儿园先后投入近五万元请进来、送出去，帮助教师开阔眼界，提升境界，助力教师专业化成长。目前，第三幼儿园已全力启动"蝶化工程"，为每位教师建立成长档案，力求让更多的教师获得更好更快的成长。

幼儿园也有教研活动。他们坚持在集体备课中挖掘课程精华，在分层教研中解决教学困惑，在区级教研中体验拔节成长的快乐，在特色教研中感受教学的魅力。这些形式多样的教研活动让教师们思想更放松、思维更活跃。

除此之外，幼儿园还重视科研课题，创建研究性、学习型团队，通过建立中层学习组、课题攻关小组、学科沙龙、互助型带教等形式，用研究的思路解决问题。现在，常规养成教育研究、幼儿园安全机制研究、区域活动创设研究正在顺利进行。在最近的两年里，第三幼儿园还将争取有一到两项课

题在区级以上立项。所有这一切，都有向小学看齐的意思。他们说，爱，就要让教师获得专业化成长；爱，就是让教师体验到职业的幸福！

短短几年，这家幼儿园成长起来，声名鹊起，但它仍是一个"普惠"性质的幼儿园。

据张悦园长介绍，从2014年1月起，幼儿园已对入园儿童实行了费用全免。每个孩子每月，只需交饭费。

在这里，困扰很多家庭的儿童入园费消失了！难道这不算一件了不起的成就吗？

按照幼儿园级别，历下区对全区所有的幼儿园予以减免费用。而且对于具备扩班条件的幼儿园，予以每个班数万元的奖补。这叫政府购买服务。

不得不说，历下区的学前教育，向前走了一大步！目前，济南市其他几个区的学前教育政策还没有跟上来，但毕竟历下区已经做出了榜样。相信不久的将来，历下区的学前教育经验，也会得到广泛而深入的推广。

张悦园长提到，"学前教育"的春天应该追溯到2009年温家宝总理签署国务院《实施学前教育三年行动计划》。此计划是国务院为加快发展学前教育，有效缓解"入园难"问题而做出的一项重大决策。《国务院关于当前发展学前教育的若干意见》明确要求各省（区、市）以县为单位编制实施学前教育三年行动计划。至2012年，济南市实施行动初见成效，比如，此前整个历下区公办幼儿园仅有三家，而今，已有十多家。

燕山新居幼儿园本是石河岭村的村办幼儿园，现为省级示范园，共有八个班，三百多名孩子，专业教师二十多名，100%持证上岗。像历下区第三幼儿园一样，孩子的交费只是用来吃饭。幼儿食谱使用电脑分析确定，每月伙食费盈余不超过2%。

我在园长的带领下，参观过这个幼儿园的几处活动场地，发现硬件设施果然了得。

在采访中，园长感叹，早在两年前，有些家长为了孩子入园，还来找过

她，可是这两年，再也没有人托关系来找了，她已经感受到了招生的压力，因为前后左右，有好几家不错的"普惠"性质的幼儿园。从今年开始，她有些发愁，怕的是幼儿园招不满孩子……

事实上，"入园难"的新闻仍旧在不少地方不断涌来。据 2015 年 5 月 23 日央视《中国之声》"新闻晚高峰"报道，在北京，为了抢到 2016 年度一家幼儿园的入园名额，附近小区的家长全家上阵，五天五夜，搬来帐篷、折凳、躺椅、花露水，通宵排队，因而让布朗幼儿园这个或许不少家长都闻所未闻，位于北京丰台区西马金润小区内的私立幼儿园成了媒体关注的焦点。让人想象不到的是，这还是为了争取明年的名额。但是，据《人民日报》2014 年 2 月 27 日报道，教育部 26 日召开新闻发布会，介绍学前教育三年行动计划的实施情况。截至 2013 年底，在园幼儿比 2010 年增长了 918 万人，相当于之前十年增量的总和，"入园难"问题初步缓解。随着第二期学前教育三年行动计划实施，未来三年全国基本解决"入园难""入园贵"的问题。

白骨精长得俊，百折不挠，勇于牺牲

在济南市一所小学校的教学楼、办公楼上，我们可以看到这样的字句：

为了看看阳光，我来到这个世界上。

——巴尔蒙特

面向阳光，你就看不到阴影。

——海伦·凯勒

阳春布德泽，万物生光辉

——汉代乐府

健康活泼，优雅大气，民族情怀，世界眼光

　　　　　——阳光少年的追求

……

　　这所学校叫济南市阳光 100 小学，本是一所为小区配套建设的学校，于 2007 年 9 月建校，但学校教师业务素质相对较好，其中一半以上教师拥有十年以上教龄，45%的教师已经获得了中级职称。

　　小学校长史俊女士在介绍经验时说，这些教师大部分是原来学校的业务骨干，在原学校有相当的价值和职业认同感，深受领导和同事们的信任。他们在不知情的情况下被调入这所新建学校，完全是被动的、不情愿的，因此心里或多或少会滋生出一些抵触情绪。他们在新的环境中重新建立新的同事圈子，重新适应新环境、新领导、新规则，心里缺乏安全感。

　　面对这样散沙般的"移民"教师队伍，如何将教师的个性融入团队的发展，如何凝聚人心，形成良好的教师文化促进学校发展，成为学校发展的关键所在。史校长认为，强调团队共性发展的同时，只有让团队的每一个成员发挥个性，才能更好地发展完善团队，让每一个团队富有特色和魅力。教师团队的发展与个人风格是唇齿相依、相互促进、相互影响、相互作用的关系。在教师的专业发展中，首先应该构建起团队文化，在团队文化中彰显个性文化，才能使学校保持鲜活的生命力。

　　愿景，更多的是一种内心的愿望，一种驱动力，是人们愿意通过实践、追求达到的一种境界。它可以激励人心，具有理想色彩，不会轻易改变。而目标则是具体的标准，通过努力可以实现。共同愿景是一种精神理想，它让学校的每位成员、个人或集体不仅看到现在学校的样子，还可以想见它的未来，内心充满希望。学校的愿景不是空穴来风、空中楼阁，它要建立在每位教师个人发展愿景上。无论是哪位教师，内心里对教育都有自己的一种理解和认识，哪怕只是肤浅的、不全面的，但一定有自己的观点。

为此，阳光 100 小学在寻求学校愿景时，让每一位老师都充分谈谈对教育的追求和理解。大家认为，如果教育能带给人以温暖、希望和光明的话，它一定是深入人心的，因此，阳光 100 小学致力于打造一种与校名相一致的阳光教育。

阳光教育有怎样的内涵？与学生、社会发展有怎样的联系呢？在学校组织的讨论中，锁定爱与智慧这两个重要因素。教育，缺少智慧不能前行；没有了爱，就失去了教育的根基，爱与智慧如空气和雨露般伴随着教育的发展。鉴于此，阳光 100 小学把阳光教育诠释为一种爱智共育、情智共生的教育。学校的愿景中融入了教师们对教育的理解与感受。对于共同规划出来的愿景，大家欣然接受，它潜移默化地影响着教师的教育信念和教育行为。

教师们也正以优异的教学实践教育实践，追逐着这一愿景，把爱与智慧的阳光洒进孩子的心田。教师个人的愿景融入学校共同愿景之中，学校的发展愿景将一步步推动教师个人愿景的达成，形成我中有你，你中有我，一脉相承的良性局面。

教师之间千差万别，每个人都是独特的，独特的个性造就不同的课堂教育。然而很多教师却将教学视为一种技术处理和机器规模生产来对待。

崇尚名师的教案，是许多教师认同的工作捷径，认为只要有了设计新颖的教案，模仿甚至是照搬都能上出好课。他们认为专业发展就是东施效颦，照猫画虎的过程。而在团队的交流对话中，教师们感悟到专业发展，不是促进教师专业的趋同。所谓"趋同"，是指教师的教育思想和观念要提升，并在先进的教育理论的指导下进行教育教学工作；而"不同"才是教师专业发展的旨趣，是教师在教育生活中彰显自己独特的个性、情感和价值观，能将个体人生的体验、理解和追求融入自己课堂的途径。

为了使教师在发展中成为有个性、有风格的教师，学校十分注意引导教师关注独特的个性和独立思考，引导教师不断完善自己，做最好的自己。

教师的专业发展并不是向某位同事和专家的某些认同看齐的过程，而是结合自己的知识结构、能力水平、性格特征和教学对象将自己的水平推进的过程。这所学校采用同课异构的方式，彰显教师的个性特点，尊重教师的独特感受，许多教师逐渐开始形成自己的个性风格：梁丽老师的激情隽永，杨静老师的童真情趣，王巍老师的沉稳老练，尤洋老师的风趣幽默……一个个富有个性而又有共同追求和理想的教师，正在教师团队的推动下成长起来。

教师团队是由每个个体组成的，他们性格各异，经历不同，特点不同，在团队发展的过程中，要实现教师个人的价值。团队发展促进教师自我价值的实现，教师个人的发展又推动团队的整体发展。

梁丽老师个性内敛，但又率真耿直，不会说好听的话，一根筋，但对专业执着、踏实。经过一年的时间打造，梁老师就获得山东省优质课评比一等奖，两年后成为山东省教学能手，三年成为区名师，六年参评山东省特级教师。她曾表示，没有阳光100小学教师团队的付出、宽容与帮助，可以说就没有自己的今天。老师们在她需要帮助的时候，无私地给予，成就了最年轻的特级教师。

梁丽老师的发展同样带动了学校教师团队的发展，她在教学管理中细致、严格，积极带领大家进行教学研究，所带的语文教研组成为济南市先进教研团队。同时她以精湛的教学能力提升了一批青年教师的教学水平，以自己的影响力为教师提供了锻炼的机会。

2015年春季，区上举办了全区教师素质大赛，分为专业测试、说课、教材分析、上课等环节，历时一个半月，这所学校最终取得了区第一名的成绩。这个成绩所有的老师都明白，它不属于某一个人，某一个学科，它是阳光团队支撑下的荣誉。

正是因为团队的发展、凝聚力，学校的教师们一个个在努力、在提高、在进步，他们逐渐自信、从容。这一个个充满教育智慧的教师在推动整个教师团队的发展，团队与个人形成相互影响、相互作用的良性循环。

阳光 100 小学的家长接待处 （摄影：王方晨）

在学校管理中，倡导什么就评价什么，让评价内容与导向内容相一致。阳光 100 小学为形成良好的教师团队文化，创造性地提出了学校精神："人"字形精神。

"人"字一撇一捺相互支撑、相互扶持。他们倡导在阳光 100 小学人与人之间应互帮互助，多一些爱心和理解，多一些支持和包容，让校园充满爱，彼此才有更美好的未来。在"人"字形精神的倡导下，教师逐渐开始相互理解、包容，相互支持、帮助。

由于学校培训形式多，外出培训项目频繁，很多教师的工作常常耽搁下来，教导处仅调课、代课的工作任务就很琐碎，年级组成员之间不能主动分担。通过一系列耐心细致的工作，渐渐地，在阳光 100 小学，这种情况就不再出现了。同年级组老师无论病事假的缺课，相互代课的都非常主动，很少有再请教导处主任调代课的。

后来，阳光 100 小学在学校管理中逐渐减少对个人的评价，转向对教研团队和年级团队的评价，每逢教师节，都会给予隆重表彰。团队的评价成为激励相互协作、合作共赢的有效手段，贡献突出的教师则为优秀的阳光团队增砖添瓦。除了荣誉之外，每年的阳光团队要展示他们的特点和成绩，另外会得到一定的奖励。

史校长曾向同事们讲过著名的"丰田公司的五个追问"。在产品出现问题的情况下，连续五次不停地追问"为什么"，终于找到了原因。如果不进行这一番追问，只是简单地换上一根保险丝，机器照样立即转动，但是用不了多久，机器或许依然会停下来，因为最终的原因没找到。

讲这个故事的目的，是为了助大家反思，我们的工作是否就是事倍功半了？仅仅少走了一步，让该发挥巨大效果的事情戛然而止，我们仅仅是为完成任务，任务结束，一切结束。同样的错误依然重复出现，同样的教训依然处处显现，为什么？缺乏再向前走一步的习惯。这种反思的目的是让每一项工作效益最大化，促进团队与个人的发展与提高。不同个性的老师反思的内容与深度各不相同，越善于反思的个人和团队更容易快速成长，同时在团队中突显出自己的风格。

一个舒适而令人放松的环境给老师以足够的启示，让他们一整天都保持充沛的精力。

阳光 100 小学专门设立了一面照片墙，上面悬挂着每一位曾经在这里工作过的教师的生活照，让人感到家的温暖和集体的归属感，每一位教师都能成为学校的主人。老师们的照片风格各有不同，这无不彰显了老师们独特的个性，也告诉大家这所学校是尽情释放老师个性与能力的地方。

学校还有些专用教室，以富有个性、专业突出的老师的名字命名，比如：谢昕音乐室，丽娜版画坊，思源舞蹈厅等。这些专用室的命名，让老师在学校找到了职业的归宿和价值认同，更激发他们的个性发展。

在不到十年的时间里，阳光 100 小学就发展成为了一所优质学校，这跟史校长在治校方面的理念是分不开的。

在交谈中，史校长一再强调，小学教育是在为把学生塑造成文明都市人打基础。对于小学教育的理解，史校长的进一步解释是，在小学阶段，重要的是首先学会生活，然后学会学习。小学阶段不应过分追求学习成绩。

史俊担任校长已有十个年头，在这说长不长、说短不短的时间里，渐渐地，她平复了最初的激情，却多了几分理性和思索。2007 年 9 月，她被调到阳光 100 小学担任这所新学校的首任校长，面对这样一所新建学校，如何让它健康、快速地发展起来，成为摆在她面前的一个重要课题。

众所周知，教师是学校建设与发展的根本，一所学校的崛起首先在于它内部的强大，说到底，就是实现以教师为核心的发展。教师是独立的人，从"人"字的结构上去感悟，其中一撇是自己，一捺则是身边的人。一个人的成功，离不开自身的努力，更离不开周围人的支持、帮助和辅佐；而每一个个体的发展，才能促进团队的良性循环。由此，史俊校长将学校发展的理念确立为"教师发展第一"，期待以"人"字的结构，支撑团队的发展。

史俊校长认为，首先，文化管理、价值认同是基础。

一般来讲，发展教师就要管理教师，但相信各位都有这个感触：人管人，累死人；制度管人，烦死人。

怎么办呢？有办法，——用文化来管理。文化管理首先要让教师认同学校文化，然后才有利于管理。什么是学校文化？教育理念、教风学风、课程、校园环境，这一切综合起来就是学校文化。

而在学校文化中，很重要的一点就是价值观。要让教师认同学校倡导的价值观。

什么是价值观，你给公鸡摆一粒米和一颗钻石，公鸡要什么？它要米，不要钻石——这就是公鸡的价值观。

有位老师讲公开课《三打白骨精》，讲完老师问学生你喜欢谁？有个学生就说："我喜欢白骨精，因为她不但长得俊，还百折不挠，为了自己的追求而勇于牺牲。"

显然，学生没能理解和认同教师的价值观，出现了偏差。但你能全怨学生吗？我们的老师是否阐明了正确的价值观，是否让学生认同了自己的观点？

以此类比，学校的办学理念、价值观要有普适性，让教师易于认同、理解，才能转化为教师的教育行为。阳光100小学在创办伊始就确立了自己的办学理念："阳光·智慧·爱。"这也是他们所倡导的教育的价值观。这三个词分为两个层次：阳光是学校教育的追求，阳光教育的两个重要因素是爱和智慧，教育缺少智慧不能前行，而失去了爱就失去了教育的根基。因此，阳光教育是爱智共育、情智共生的教育。

几年来，这一理念得到了老师们的普遍认同，他们也正以优异的教育教学践行着这一理念，把爱与智慧的阳光洒进孩子们的心田。

其次，团队发展，合作共赢是关键。

如何组建教师团队，还是那句话，要让他们认同你的价值观。团队不是团伙，老师必须要在价值观上取得共识。曾经有一位老校长，他的教师队伍非常优秀，而且每来一个提高一个。史俊向他请教："你是怎么组建起这么优秀的团队的？"他对史校长掏心窝子地说了一句话："不与团队合作、不与其他人合作的老师，坚决不要。"只有价值观统一了，团队才能前进。教师不能"单打独斗"，要有团队精神，好比划龙舟，必须劲往一块儿使，齐心协力，大家好才是真的好。

组建团队时，还要谨记"最强的不一定是最佳的"。把一帮什么省级的、市级的优秀教师，拿过省、市优质课的教师组合起来，未必就是最好的团队。团队成员必须是优势互补，各具特色的。如果在我们的团队中，时常有不同观点的碰撞，不同教法的切磋，不同风格展现，那一定会是一个充满活力的团队！团队的最高境界即是多样的统一，也就是孔子所说的"和而不同"。

学校的活动、竞赛以及培训都要以团队为单位，让每一位教师处在团队、集体中，学校的评价导向也由评价个人转向评价团队。这样教师团队的观念逐步建立起来，形成良好的教学共同体，在团队的发展和成长中促进个人的发展。

同时，管理者应该参与研训，专业发展促成长。只有理念和口号是不行的，要把理念付诸于实践，让所有的教师看到管理者的行动，换句话说就是管理者要用行动让教师感受到你倡导的理念。

教师第一，你用什么来证明？用培训，用实现教师的专业发展来证明。

为此，阳光100小学把"链式带动、阶梯递进、个体发展"的研训作为教师发展的基础和途径。学校每年的教师培训费占全校办公经费的40%之多。

现在他们的教师平均年龄31岁，年轻教师居多，因此培训是阶梯式的，链式带动。名师、优秀教师、骨干教师、青年教师处在什么层次就按需所取，互相带动。

对于青年教师的培训，史俊校长这么理解，那就是"木桶理论"。一个人，肝能活五十年，肾能活四十年，那他这个人就只能活四十年。所以一个教师队伍的总体水平很大程度取决于青年教师的进步，如果把青年教师提上去了，这个教师队伍就上去了。

那么骨干教师、优秀教师的培训还那么重要吗？当然，学习是没有止境的。

2015 年 7 月份，刚刚修订完的《现代汉语词典》新增了三千个词语，什么"团购""给力""雷人""云计算""拼车""跟帖""微博""宅"都收录进去了。《现代汉语词典》都在与时俱进，何况为人师者。

有一年暑假，学校开展远程培训，个别年长的教师开始时不太情愿。但学着学着，老教师们发现真学到了不少东西，而且计算机操作能力还有了提高。老教师们看年轻教师作业做得那么好，都去主动学习。在学习中教师有了收获，有了提高，有了团队的认同和肯定，找到了自我的位置和价值，想不学习都难。因此，阳光 100 小学就出现了这么一个可喜的现象：教师现在都争着参加培训，回到学校面向全体教师做报告，汇报学习的经验、收获和感想。教师培训成为教师发展的必由之路。

史俊校长强调，每个人都要学会感恩，享受教育才幸福。目前，学校的教师大部分是独生子女，他们有思想，有个性，但独生子女的特点也处处有体现。在学校里，史俊校长经常倡导要感念学校的好，同事的好，别老抱怨"怎么又让我干啊""怎么又讲公开课啊"。促使老师们明白，这都是为自己的事业在干。学会感恩，才会有良好的人际关系，才会幸福。如果一个教师和任何同事都处不好关系，同事都不理他，他在学校能有多少幸福感？

在诸位学校领导之间，常常开玩笑是哄着"独一代"教育"独二代"。独生子女教师也常以自我为中心，他们生怕这种特点会"遗传"给学生，并在学校中蔓延。所以教师个人参加各种教学比赛时，每个人身后都会有一个团队在为他支撑着。有帮忙备课的，有帮着搜索素材的，有帮着做课件的，往往是一位教师在得到历练的同时，研究团队的教师也得到了发展和提高。我们也非常注重对研究团队的奖励。"独一代"的教师在历练过程中也深深地感受到了来自他人的帮助与温暖，从而感恩他人，感恩团队，赢得了良好的同事关系，形成了和谐的工作氛围。很多学校的老师之所以羡慕我们，大概就为此吧。

要想达到好的管理效果，就要让教师有幸福感。

有位校长说："老师的脸就是学校的风水。"如果学校里每个老师都一脸沮丧、一脸抱怨、一脸忿忿不平，这个学校准好不了。

这是一所起名叫阳光的学校，我也希望老师、学生们每天都很阳光，热情饱满，百分百投入。

两所初中：每个学生都能上名校

在济南市市中区二七新村四区，有一所叫"济南育文中学"的九年一贯制学校。其前身为济南铁路实验学校，不过是在 2004 年 1 月 1 日才由济南铁路局整建制移交地方教育行政部门管理，2004 年 5 月更为现名。

育文中学的教师来自四面八方。自划归济南市市中区教育局管理，与地方教育有较长时间的磨合期。目前，学校不再单纯接收铁路职工子弟，为补充生源，接收来自全国各地的外来务工子弟就学。

"同学同事，共创未来"，这是育文中学确立的办学理念。同时他们还确立了"滋兰九畹，树蕙百亩，育文九载，惠泽一生"的办学宗旨。"环境友好，师生友善，同伴友爱的最佳教育生态"是他们的办学目标。崇文育人，化育文心，育文中学就是要着力培养会认知、会做事、会合作、会做人的未来社会的建设者。

很多人还记得，自己上学时学校的样子。那么，育文中学又是如何呢？仅 2012 年以来的三年时间，当地政府就对育文中学投入了一千三百余万元的资金支持，用于校舍改建、功能室改造、设施设备更新等。建有二百米的塑胶跑道，人造草皮篮、排球场六个，乒乓球台十二个，多媒体网络系统微机室三个，网络管理中心一个，演播室一个，可用多媒体微机三百五十六台。物理、生物、化学仪器室、实验室、教学仪器均达到国家一类标准，根据学生特点建有两处图书阅览室，图书室藏书近六万册。有技术教室、艺术教学用房、史地教室、机器人航模科技活动室、科技创新工作室等十八个，充分满足了学生的学习和社团活动需要。——当年有的你可能找得到，但更多的，是你当年从来没有见到或想到的设施。教育条件的改善，不能不说是这些年来各地学校的重大变化。

这所学校把教师整体素质视为学校发展的核心竞争力，重视教师队伍建设。鼓励老师们撰写师德座右铭，分享师德案例，评选师德榜样；组织拓展培训和多种形式的教师业务培训，以科研促教师专业化发展，开展同事节活动等，努力提升教师的师德素养和专业水平，形成一支学习型、研究型和创新型的教师队伍。学校涌现出一批师德高尚、业务精良的优秀教师。

多年来，育文中学以科普教育为突破口，积极打造科普教育特色，组建多名教师参与科技辅导员队伍，成立了学校少年科学院，丰富优化科普社团活动，积极开展以机器人活动为主要特色的科普教育创新实践、校本课程研究，开设《智能机器人》校本课程，举办学生全员参与的校园科技节活动等，鼓励孩子们积极参与科普体验活动，勇于设计具有自主知识产权的机器人。科技活动成绩斐然。航模小组的同学们捧回了一枚枚全国竞赛的奖牌，百余名学生的科幻画作品在各级比赛中获奖，特别是"机器人社团"在全省、全国乃至世界大赛中连年捷报频传。育文中学机器人俱乐部七年来荣获三百多项市级以上机器人、航模竞赛奖杯、奖牌和荣誉证书；连续七年荣获"济南市青少年电脑机器人十佳工作室"；连续五年获得市中区教育教学特殊贡献奖。多名辅导员荣获国际、国家级优秀辅导员称号，其中董皓老师获得多项荣誉，2013 年还当选市中区首批"我身边的好老师"。

除此之外，这所学校还曾荣获全国现代教育技术实验学校、全国青少年科普创新示范学校、全国科技教育示范单位、山东省电化教育示范学校等荣誉称号。

另一所中学——济南第二十七中学创建于 1958 年，是一所充满活力的优质学校。

因为地处市中心繁华地段，这所学校占地只有 10 亩，但是它却有省特级教师一人，省教学能手一人，济南名师一人，中学高级教师 33 人，一级教师 60 人，硕士以上学历教师 12 人，区级以上教学能手 30 人，各级骨干教师 42 人，区"双首席"教师 12 人，"双十佳"教师 6 人。这些年学校通过理念传播、思想引领、制度建设、文化经营，让学校在原有基础上又有了更快更好的发展，教师获全国优质课评比一等奖 5 人次，省优质课评比一等奖 10 人次，济南市优质课一等奖获奖者 20 多人次，涵盖所有学科。

这所学校的办学理念是：坚信尊重是最好的教育，一切为学生的未来奠基。其核心是"尊重与奠基"。"尊重"即尊重规律、正视客观现实；尊重师生个性发展，注重培养学生良好人格；尊重教师，促进教师的专业发展。"奠基"，即学校的一切工作，都要为促进学生今天的成长和适应未来社会的发展奠定良好的智力、心理、能力基础。

在对第二十七中学校长武树滨先生的采访中，他所提到的"兄弟联盟式"集团办学的经验非常亮眼。这集团办学，是各个地区为了实现教育的优质均衡发展，采用以强带弱的模式，加快薄弱学校的提升与转变的手段。据武校长介绍，目前教育集团大体有三类：一是一个学校，多个校区，一个法人，可以称作"母子式"集团；一类是一个强校为龙头，与多所学校（一般是薄弱学校）共同组成集团，原有的行政隶属等关系保持不变，可以称作"兄弟式"联盟；还有一种是挂名全国名校联盟校，接受名校的指导，可以称作"师徒式"联盟。

他说，这几种集团办学方式各有利弊。作为社会热点学校的二十七中，2013 年在济南市市中区教育局的主导下，与济南普利中学、济南七贤中学两所初中学校成立了济南二十七中教育集团，属于"兄弟式"联盟关系。与二十七中结盟的两所学校都是外来务工子女定点学校，两所学校生源来源复杂，学生家庭环境差强人意，教学质量处于全区的下游。完全照搬二十七中的理念、制度、评价等显然并不合适。二十七中以强带弱，责任重大。

在集团化办学中，正因为二十七中形成了"和合文化"，老师们才能够以开放、合作的心态，对待办学过程中的艰巨任务。二十七中通过输出理念、输出精神、输出制度、输出智慧、输出方法，共担责任。在二十七中龙头校的带领下，两所学校干部师生努力进取，取得很大进步。

2014 年 8 月，在济南市市中区教育局支持下，二十七中又接手了新建的伟东新都社区配套学校——济南舜华学校初中部的管理。他们派出优秀的干部和教师团队，高起点、高水平建设，用最短的时间，克服种种困难，顺利开学，受到家长和学生的高度赞扬。

经过一年多的磨合，武校长深深体会到，促进集团各校发展，要处理好几个关键问题。

集团发展的起步点在哪里？有人认为应当建立规划、制度，有人认为应当交流干部、教师。这些都很重要，但是，由于集团内各校没有行政隶属关系，要想大家心往一处想，劲往一处使，往往靠简单的制度约束是不起作用的。所以，"兄弟式联盟"必须走另一条道路：就是以相同的价值追求为目标，以深厚的感情为纽带，以共同发展、相互促进的教育品牌建设为动力。

各校间的干部、教师、学生如果没有充分的思想交流，没有融洽深厚的感情为纽带，其他工作的开展，就会事倍功半。做好情感的沟通，首先是集团内各校的主要领导要加强了解与互信，在办学思想、工作思路等方面相互沟通，彼此理解，达成共识。其次是其他领导干部间加强互动，熟悉彼此的性格、工作方式，取长补短。第三是学科间或班主任间加强交流。

彼此的熟悉与了解要依赖活动，而活动的开展，不能搞终结性评价，要降低相互间的工作比较，创建更好的合作、沟通的氛围，搭建相互学习展示的平台。如校级领导的结伴外出学习，中层干部共同策划一项活动，教师间的集体备课、课例研究等。加深了了解，消除了隔阂，才能取长补短，共同提高。

确立了集团的宗旨：教育集团以"合作型"模式互助合作，旨在实现集团成员校办学资源、要素的整合、联动、互补、共享，共同提高，满足学生接受优质教育的愿望。达成了教育集团的工作准则：教育集团各成员校之间，本着平等协商、互惠互利、诚实守信、交流合作、共谋发展的准则，实行师资、教研、科研、教学、设备、德育、校园文化等方面优势互补，形成资源共享的集团优势，最大限度地发挥成员校的最佳办学效益。

这样做，可以消除三校之间的顾虑，不存在谁"吃掉"谁的问题，也不存在优质资源"稀释"的问题。这样，三校的干部、教师、学生就可以打破原有思想隔阂，站在谋求各校发展的原点，想事、做事，让教育集团成为实现学校更好发展的平台。

集团的发展会面临许多困难和挑战，如果对这些问题没有充分的准备，往往在工作开展过程中，会出现半途而废的情况。对于龙头学校而言，面临的困难是：输出的文化、制度，如何才能让成员学校接受，并结合各自学校实际进行改造；如何让干部教师愿意到其他学校参与交流；如何解决优质资源使用的最大化；如何在帮助其他学校的同时，自身获得更好更快的发展，等等。成员校面对的问题：如何能不产生过度的依赖又能积极吸取其他学校好的制度；如何挖掘自身发展优势，变单一输入为双向交流。作为龙头学校，能跳出高高在上的心态，能够认真分析成员校自身的优缺点，围绕成员校的实际缺失，有针对性地帮扶。龙头校老师，既要有带好成员校的责任感，还要能克服自身的"学情束缚"，依据各校学情不同，适时调整备课内容，虚心向其他学校教师学习好的教学方法。

作为龙头校的干部教师要大气，有大局观。例如二十七中每年向两所成员校派出交流的教师都是学校的绝对骨干，如区首席教师、首席班主任，获国家省市优质课一等奖的老师。这些老师自身业务过硬，工作敬业，能很好地发挥辐射带动作用。他们到了成员校，往往不是只局限于上好自己的专业课，而是积极参与学校的教育、教学活动，如开展示课、做讲座、带领老师做课题研究等。他们原先就在区内享有名气，来到成员校，他们对自己的要求更加严格，能挑重担。老师们觉得这样的榜样能学、可学，特别是他们与成员校教师间没有多少"竞争"关系，就更易于团结教师共同发展。

成员校派到二十七中的老师，他们都会作为自己的老师一样要求，在外出学习、课堂展示、参与工作室活动方面还给予特殊的照顾，给他们更多机会。这些老师能很快适应学校各项要求，努力提高自己的业务水平。

在谋求集团发展过程中，二十七中采取的方式是各取所需。各校将自己在教育教学特色、硬件建设等方面的优势一一列出，各校根据自己的需要，提出学习借鉴的内容。同时，各校列出发展中存在的困难和瓶颈问题，希望得到哪些方面的帮助，每个阶段重点想解决的问题是什么，依据这些问题来制定集团工作的计划，就更有针对性。这样做，减轻了龙头校的负担，帮什么，怎么帮，做到有所为有所不为，集中精力突破难点；也消除了集团成员校不切实际的想法，不会期望什么方面都得到帮助，也不必自卑，通过比较，发现自身的优势，更利于坚持发展好自己的特色。例如七贤中学的"威风锣鼓"校本课程，普利中学的"史地生"100%的合格率教学方法，都值得龙头学校学习。

做任何事情都要有"仰望星空，脚踏实地"的精神。无论集团的愿景有多么美好，都要从最简单，最微小的事情做起。教育集团每学期制定专门的工作计划，每个学科进行几次教研活动，开几次研究课，进行几次教育讲座或培训，举办几次主题德育活动，如何开展等，都详细列出。各校的工作计划中，集团工作内容要单独列出，这样把集团工作与学校工作有机结合，既便于相互督促，又有利于提高执行力。工作不在多而在实，各项活动开展的目标都应当是为了实现集团各校的发展。

听着武校长的介绍，我蓦然想起几年前我的孩子转学时，跟山东师范大学第二附属中学校长的一次谈话。那位校长说，一所学校的成功，关键在于校园文化的建设，但校风并不是一朝一日形成的，是一个长期积累的过程。

比如说，在济南人看来，二附中口碑好，但实际上，二附中的老师，很多来自过去的一家非常普通的中学。但你能说那些老师不好吗？来到二附中，这些老师也都跟着发挥了自己的潜能，成为了一个个优秀的教学能手。

这位校长的言论，我觉得非常有道理。名校之名，是名在学校的传统、风气。很多新校和不被认可的学校，实际上是尚未形成自己的教育风格和校园文化。从历下区第三幼儿园、燕山新居幼儿园、阳光 100 小学、育文中学，到第二十七中，他们一再地提到各自的教育理念，可见，校风建设是多么重要了。

武校长口中的"集团办学"，依我的理解，就是让优质学校的优质校风，吹到更为广阔的天地里去。优质学校是一个点，通过"集团"，就可以变成更多的点，使更多的孩子实现上名校的梦想。

对整个学校而言，二十七中强调凝聚"追求卓越"的团队精神，培育"互助共赢"的教师文化。为促进教师的合作，他们非常关注团队的合作效果，营造开放、包容的氛围，促进教师间相互学习、交流。

二十七中坚持"和而不同"的管理理念，彰显了"合作共进"的管理文化。为实现管理重心下移，管理架构实行垂直与扁平管理相结合。一名校级领导包干一个年级，与教务主任组成管理团队。管理权、评价权、用人权都下放到年级，层级的减少，强化了执行力，提高了办学效益。

就教师而言，合作无论对其个人进步还是学校发展，都有重要的促进作用。教育本身就是群体合作才能完成的事业，而针对他们所面对的学生大多是独生子女的现实，培育学生的合作意识更是教育不可推卸的责任。因此，学会合作既是教师未来发展的必由之路，更是教育未来发展的必由之路。团结就是力量，合作才能发展，和谐才能兴业。台湾作家龙应台说："人是散落的珠子，文化就是那根柔弱而坚韧的细丝，将珠子串起来成为社会。"以合作促和谐发展，对二十七中将合作推向深入，引领师生和谐共融，学校健康持续发展具有现实意义。

分管领导及时了解教育教学中的问题，倾听老师的意见建议，自主开展年级活动。实行目标责任制，年初制定各处室部门工作目标，分解工作任务，一周一交流、一月一总结，年尾总结看年初计划，根据计划完成的质量高低，确立干部的考核结果，做到了干部人人有责任，人人有目标。管理真正从被动向主动转变，从行政命令向服务协调转变。

经过三年多的时间，二十七中面貌有了新的变化。合作生辉，和谐育雅，合和文化特色凸显，初步形成了"平等、互助、共生、开放、优质"的合和文化的精神内核。

一所高中：你准备好了吗

提起济南市的高中，人们基本会有这样的一个排序，山东省实验中学、山东师范大学附属中学、济南一中、济南外国语学校、济钢高中、历城二中等。我孩子中考时，没有选择报考实验中学。我是这么想的，非要考那么好的学校吗？略次一点的也可以嘛。结果孩子就上的山师附中，我觉得并没有一点遗憾。那学校管理很严格，特别是寄宿制的幸福柳分校，家长基本不用操心。自从孩子上高中，我就开始自在起来。切身体会是，让孩子上一所好高中，确实是非常重要的。好的高中，不但意味着好的管理，还意味着孩子成长的安全和健康。

现在，我们把目光转向这样一所学校，它的排名在人们心目中不算很靠前，但我保证，它仍然是一所好学校。这个学校就是创办于 1945 年的山东省济南中学。

济南中学曾先后更名为"华东区铁路管理局济南扶轮中学""济南铁路职工子弟中学""济南铁路职工子弟第一中学"。2004 年移交济南市教育局管理，正式更名为"山东省济南中学"。

学校目前拥有两个校区，本校区位于济南市市中区经八路 3 号，西校区位于济南市市中区建国小经三路 1 号。济南中学本校地处山东省体育中心北侧，南靠英雄山，北依趵突泉，如一所花园式庭院。步入校园，满眼是绿、处处是景，先后被命名为济南市绿色学校、山东省绿色学校、国际生态学校、济南市花园式单位等。2002 年，山东省省委书记吴官正、山东省副省长邵桂芳等省市领导视察济南中学，吴官正书记为学校挥毫题词：育一流人才，创名牌学校。

打造名牌之路，势必是一条特色之路。济南中学在"为未来奠基"的办学理念的基础上，确立了"全面实施阳光教育，促进学校特色发展"的新时期发展策略，积极进行"阳光教育"的探索和实践，学校初步形成了"阳光教育"特色发展模式。

"阳光教育"中的"阳光"其实是一种形象的比喻。"阳光"的基本内涵就是"温暖""健康"。阳光教育是一种"大爱"的教育，一种追求"本真"的教育。阳光教育强调的是博爱、宽容，关爱学生的健康成长；强调学生的大气、真美，综合素质的个性发展。

阳光教育是一种充满尊重、充满理解、充满激励，让每个学生走进阳光的教育；是引导学生相信自己、鼓励自己、超越自己的教育；是尊重每个学生的生命特质、挖掘每个学生的生命潜能的教育；是用真爱和真知为学生的幸福人生奠基的教育。阳光教育就是让每个学生走进阳光，成长为"会做人、会学习、会健体、会审美、会创造、有科学素质、有人文情怀、有个性特长"的德智体美各方面全面、均衡、健康发展的阳光之人。

阳光教育不仅是一种教育结果，更是一个过程，是一个多向互动、多向反馈的过程。公平性、实践性、发展性、互动性、生命性、主体性、体验性等，是阳光教育的基本特征。

管理是一个综合性的、系统性的概念。济南中学从阳光管理中抽取"关爱""协同""执行力""改进"等四个关键词作为讨论的支点，希望起到以点带面、抛砖引玉的作用。

阳光的基本内涵是温暖、健康，倡导人与人之间的友善、宽容和温暖。

无论是同事之间、同学之间，还是管理与被管理者之间（如班主任和学生之间、干部与教职工之间），有了关爱，一切都变得晴朗、明媚、温暖，一切都有了人文主义的基础。

出于关爱，济南中学实行校内道路人车分流，交通事故降为零；出于关爱，校方和每一名教职工签订廉洁从教责任书；出于关爱，很多班主任中午在教室里和学生一起午休；出于关爱，济南中学的值班干部每天多次巡视校内及学校周边地区；出于关爱，班主任会精心积累学生的成长材料，毕业时出版成册；出于关爱，把温暖和问候送到每一名生病住院教职工的床头，每年为困难学生、困难家庭减免学杂费和发放救济金……

协同即协调、同步。协同出效率，协同出战斗力，协同出生产力。在涉及教职工切身利益的评优评先、职称评聘等问题上，周全制订实施方案，确保每一名教职工的知情权、参与权和监督权。中层以上干部每周与对口教研组面对面，及时沟通校情学情，积极维护、更新校园网和办公平台。

济南中学的管理理念是"和而不同，赢在执行"。"和而不同"强调的是相互尊重、张扬个性和提倡创造性，"赢在执行"强调的是脚踏实地、竭心尽智、化解困难进而达到预期目的。而执行力是这一理念的落脚点。

只有有了执行力，计划才不会成为空文，要求才不会成为空谈，预期才不会成为空想。济南中学强调干部的执行力，培养干部的执行力，监督干部的执行力，既看重过程，更看重结果。看结果，更看效率；看全局，更看细节。执行力产生影响力。

打造一所好学校，拥有一支阳光教师队伍是前提。济南中学培养的这支教师队伍，既要精业强能，又能身教善行。他们如何做到的呢？

问题就是课题。他们借助"微课题"研究，提升教师解决问题的能力。教师即是主体，济南中学积极倡导教师把教育、教学中遇到的实际问题确立为微课题，通过运用科学研究的方法，寻求解决之道。学校指导全体教师从教学实践中挖掘有价值的问题，从具体的教学情境中捕捉问题，从与其他教师的交流中发现问题,从学生的课后生活中寻觅问题,科学论证后确立为微课题。济南中学教师目前开展有"阳光课堂体验实施策略的研究""课堂中如何进行有效提问的研究""课堂训练有效性的研究""学科教学中德育渗透的途径和方法的研究""不同学科初高中知识衔接的研究"等校级微课题 45 项,参与教师 148 人。微课题研究解决了教师教学中的实际问题,提升了教师运用科学方法解决问题的能力。

经常开展"微课例"研究,优化课堂教学环节。

济南中学一直遵循"精导—自主—互动—训练—体验"的课堂教学实践要求,积极打造互动的、生态的阳光课堂,鼓励教师在课堂中积极创设教学情境,引导学生自主参与课堂教学活动。在课堂上积极开展学生间、师生间的合作交流,让学生在参与中体验,在关爱中成长,形成科学的态度和价值观,培养良好的情感。

从 2014 年开始,开展针对某一具体策略的"微课例"研究。上学年,高一年级集中围绕新授课有效课堂提问的策略、高二年级围绕课堂有效互动策略、高三年级围绕有效课堂训练策略进行了主题研究。通过个人备课、集体议课、现场上课、课后评课、家长摩课、教学反思等环节,引领大家解决课堂教学中的具体问题。根据学科特点形成具体、可行、有效的策略,进一步优化课堂教学环节,提升课堂教学实效。上学年共开设"微课例"研讨课 98 节,参与听课的学校领导 125 人次,中层干部 393 人次,教师 1178 人次。"微课例"研究为教师提供了一个真实的研讨情境,大家互相听课,互相借鉴,开展讨论,从中找到课堂教学改革的方向和针对某一问题的有效策略。执教者在观摩课的过程中不断学习身边教师的优秀经验,不断汲取先进的教学思想和智慧,课后大家交流评课,畅所欲言,各种教学思想碰撞、交流,使反思达到了更高境界。此项活动的开展大大提升了教师的课堂教学能力,提升了课堂实效。

"微课例"研究的实施,使教师在磨砺中成长,在反思中成熟,在研究中成才，大大缩短了教师的成长周期，成为教师专业成长的催化剂。

如何打造书香班级？合作学习如何分组？如何对学生进行感恩教育？如何塑造学生良好的文明礼仪形象？如何突破学科学习中的障碍？

教师每天面临的都是这些具体实际的问题，"微课程"就是基于这些看似简单的问题，寻找其背后的原因，进而研究解决问题的策略。如果要制作出给人以启迪的"微课程"，教师必须思考自己的教学得失，寻找问题解决的关键，研究教育教学规律，研究学生身心发展规律。教师也由此完成了对自己教学实践经验的总结、提升、完善。学校正在并将进一步借助于"微课程"的开发，引导教师从习以为常的细节中追问、思考、发现、变革，形成富有实效的"微课程"，使教师由学习者变为开发者，由使用者变为创造者，大大提升专业素养。学校现已开发的"微课程"有"阳光礼仪，做优雅的你""高中生活，你准备好了吗""我的班级我的家""初高中衔接课程""培优促优学法指导课"等。

成立教学研究"微联合体"，引领教师开展行动研究。

济南中学积极倡导教师成立教育教学研究微联合体，积极开展基于教学实际的研究活动，目前已经成立"初高中衔接研究微联合体"等十余个"微联合体"。

"初高中衔接研究微联合体"：该联合体通过研究对比初高中学生学习习惯、学习能力、学习方法等，形成了分别针对家长、学生、教师的初高中衔接指导意见，编制了初高中衔接校本课程。

"各年级班主任工作室"：选择年级骨干班主任组建工作室，组建年级管理团队，规划年级学生管理工作，协调解决学生管理中面临的具体问题。

"学法指导研究微联合体"：该联合体跳出年级看年级，跳出学校看学校，成员突破校内限制、年级限制，聘请教研员、校外知名学科教师、校内骨干教师针对不同年级、不同学科特点，集中研究有效的学法指导策略，解决学生学习中面临的困难。

"导师助推研究微联合体"：研究、制定导师职责，设计不同年级导师制实施具体办法，检查、评价导师制执行效果等。

通过建立教学"微联合体"，引导学校骨干教师用心去思考教学问题，用智慧去解决教学问题。

借助"微信息"平台，建立教师快捷沟通渠道。

在信息时代，济南中学还鼓励教师充分利用网络平台进行合作教研，培养教师网络学习、网络教研、网络交流的习惯。通过校内办公平台、个人博客、QQ 群、微信朋友圈等网络平台，加强教师对教育理论的学习与研究，开展教师集体备课和教学研讨活动，促使教师教学反思活动的全面开展，促进教师自觉进行探索性的教育行动，以达到学校资源共享的目的，让网络成为教师积极参与合作教研的助推器。

2．济"难"之途

"四面荷花三面柳，一城山色半城湖"。

这句话说的是济南，流传甚广，但是，你能说出是谁写的吗？这问题太浅了不是？那就回答一下试试，反正我一时想不出来，只是想到了《老残游记》。

济南，著名的"泉城"，山东省的政治、经济、文化、金融、交通、会展和科教中心，北连首都经济圈，南接长三角经济圈，东西连通山东半岛与华中地区，是环渤海经济区和京沪经济轴上的重要交汇点。

1984 年春天，我第一次来到济南，是我的初中同学邀我来玩，晚上到的，住在燕子山一带。一觉醒来，睁眼一看，窗外的天真蓝啊！

1988 年冬天，我来当时的济南师范专科学校脱产读作家班。那时候我根本不敢想象能留在济南，后来别人一说让我调到外地市从事文学创作，我马上就同意了，但我心里一直对济南充满了向往。

2009 年 12 月底，我办妥了调往济南的工作关系，次年也把户口迁了过来，正式成了济南人。

对济南，我难掩自己内心的喜爱，曾写过一篇散文《济南山水辞》，极赞济南，称之为"仁智者之城"。

2012 年遇莫言，陪他游逛了护城河和趵突泉。一路对济南满嘴的好话，惹得莫言说，一般情况下，人生活在哪里，都不会喜欢哪里，你是我见过的第一个生活在这里还爱这里的人。

我听了很得意。

对济南我唯一不满意的，就是好好一个以泉、河、湖组成的风景区，给起了个没文化的名字，叫"天下第一泉风景区"。好名字不用，却用这个，说上一遍不小心就能咬了舌头。我要是市长马上就给它改过来。

我夸济南是诚心的。所以，我看好人，就总觉得都像"济南人"。而且，我很不喜欢济南出现不好的事情。我在济南市综合办公大楼十一楼办公，济南市教育局在八楼，即便不提近水楼台先得月，对济南的关注也是非常正常的。从我来到济南，我才觉得算是过上了"城市生活"。孩子们可以幸福地上学，上学之余也可以去济南市青少年宫参加活动。那也是济南的一个好地方，就在风景秀丽的大明湖西畔，是济南团市委所属泉城最早的成建制的校外教育单位，还是中国青少年宫协会常务理事单位、华东校外教育研究会副会长单位、山东省青少年宫协会副会长单位，1965 年建成并投入使用的。那时我还没出生，少年时在农村，也从不知少年宫为何物。在它建成的五十年里，数以百万计的青少年儿童曾在此参加兴趣培训和各种文化活动，从这里走出了国际象棋世界冠军赵雪、国际知名建筑设计师赵小钧、著名歌唱家王庆爽、二胡演奏家于红梅、舞蹈家王亚楠等许多代表性人物，先后上百次组团出访英国、美国、法国、澳大利亚、韩国、乌克兰、俄罗斯、日本、香港、台湾等国家和地区，同时，还接待了许多外国友人团队前来参观访问，连续多年被团省委评为"山东省红旗青少年宫"，省委、省政府授予"儿童少年工作先进单位"，团中央、文化部授予"全国先进青少年宫"，中宣部、教育部、团中央等十部委联合授予中国青少年社会教育"银杏奖"优秀团队奖。不可否认，我有种少年宫情结。1986 年，我从曲阜师范学校毕业，听说有个同学被分配到济宁的少年宫，立时让我羡慕得不得了。说到城市里少年的成长，我不能不特别提到它。

那么，济南教育领域的总体状况是如何呢？我认为很有必要做一下介绍。

截至目前（2015 年 3 月），济南市义务教育阶段在校生总数 59.4 万人，其中城市 30.8 万人，农村 28.6 万人，市区外来务工人员随迁子女 9.9 万人，占 32.14%。2014 年，市区小学招生 44100 人，比上年增加 10%，小升初 30980 人，与上年大体持平；县域小学招生 28293 人，比上年减少了 6.9%，小升初 30874 人，与上年大体持平。综合近三年全市义务教育招生情况，市区小学招生数量呈现逐年上升趋势，县域小学招生数量略有下降。

济南市义务教育阶段学校招生工作，以党的十八大提出的"办人民满意的教育"为总体要求，积极探索并着力构建以政策导向、办学条件、办学质量三位一体的资源配置模式，不断促进教育公平，实现了"确保符合入学条件的适龄儿童应上尽上"的承诺，主要做法是：

一，扩大教育资源，依法保障适龄儿童接受义务教育。一方面加大教育投入，新建校舍。2014 年济南市新建十五所中小学，新增初中学位、小学学位各两千多个。其中主城区有十二所新建学校招生，增加初中学位和小学学位共三千多个。2015 年，又将开工建设四十六所中小学，将进一步缓解部分区域学位紧张，适龄儿童入学难的问题。一方面内部挖潜。为解决阶段性入学矛盾，济南市深入挖潜，优化资源配置，适当增扩班数和班额，尽最大可能来满足适龄儿童入学的需要。

二，坚持阳光招生，维护教育公平。一方面是坚持义务教育，按照学区免试入学。自 20 世纪 80 年代末开始，济南市就根据《义务教育法》要求，按照"就近入学"的原则，为每所公办义务教育阶段学校划定了相应学区。

其中，小学严格按照学区招生，免试入学；初中则采取学区内对口小学整体直升办法，免试入学。2013 年济南市进一步加大了学区公示力度，采取网络、新闻媒体、公示栏等形式将学区向社会公开，做到了义务教育学校服务范围无缝隙覆盖。一方面规范外来务工随迁子女入学操作流程。为保证符合入学条件的外来务工人员随迁子女在济接受义务教育，全市在外来务工人员较为集中的地区设立了八十二所公办学校作为外来务工子女定点学校，基本满足了外来务工随迁子女入学需求。为了缓解新出现的矛盾，2014 年，济南市部分区通过规范入学操作流程和量化赋分，有效地保障了外来务工随迁子女入学机会的公平，取得了良好的效果。

三，推进教育均衡，破解"择校"难题。济南市不断实现入学条件公平，实施中小学配置标准化，累计投入 36.05 亿元，完成全市 924 所中小学标准化工程省级验收，实现了城乡学校办学条件无差别配备。

通过以上措施，近年来济南市义务教育阶段择校生比例呈现逐年下降的趋势。据统计，2014 年小学一年级市民子女择校生比例仅占招生总数的 3.8%，"择校"已经不再是济南市的热点问题。

我尝试找几个关键词：扩大教育资源，坚持阳光招生，推进教育均衡……这就意味着，充足的学校，公正的招生，均衡的教育水平，有这三个因素的保证，上学又有何难呢？

2014 年，教育部《关于进一步做好小学升入初中免试就近入学工作的实施意见》（后称《意见》）中要求各地贯彻十八届三中全会精神，严格执行《义务教育法》规定，落实义务教育免试就近入学的要求，合理划定招生范围，有序确定入学对象，规范办理入学手续，全面实行阳光招生，逐步减少特长招生，做好随迁子女就学，试行学区化办学，在加快均衡发展义务教育的同时，健全科学、明晰、便利的小学升入初中制度，规范招生入学行为，提高治理水平，促进教育公平。

《意见》明确了小升初工作流程。一是合理划定招生范围。要求县级教

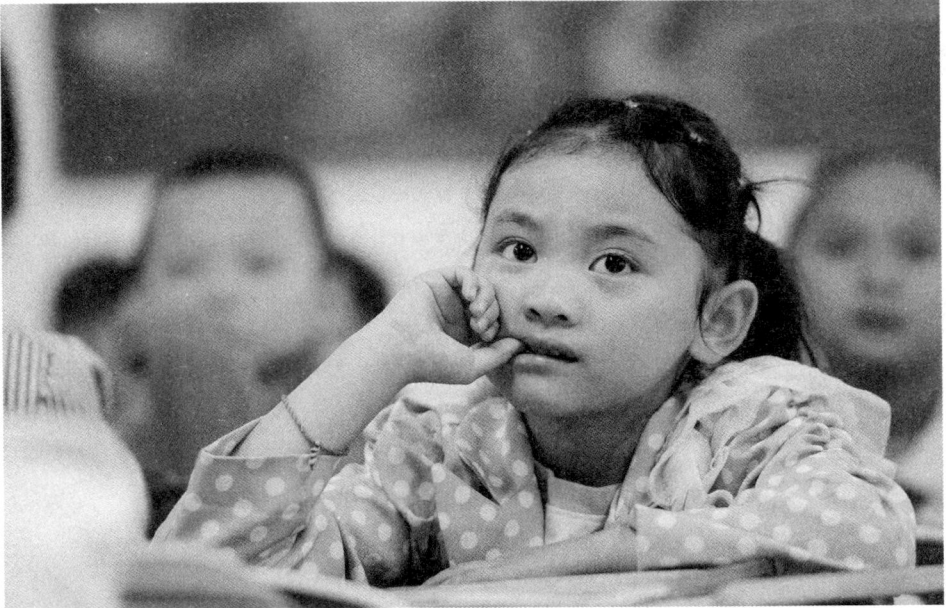

育行政部门根据适龄学生人数、学校分布、所在学区、学校规模、交通状况等因素，按照就近入学原则依街道、路段、门牌号、村组等，为每一所初中合理划定对口小学（单校划片）。对于城市老城区暂时难以实行单校划片的，可按照初中新生招生数和小学毕业生基本相当的原则为多所初中划定同一招生范围（多校划片）。优质初中要纳入多校划片范围。二是有序确定入学对象。单校划片学校采用对口直升方式招生，即一所初中对口片区内所有小学毕业生入学。多校划片学校，先征求入学志愿，对报名人数少于招生人数的初中，学生直接入学；对报名人数超过招生人数的初中，以随机派位的方式确定学生。未在户籍所在片区小学就读的学生，如申请升入户籍所在片区初中，由县级教育行政部门统一受理、审核，统筹安排就学。三是规范办理入学手续。县域内初中新生入学手续办理工作要在同一时段进行。学生及父母或其他法定监护人持省级教育行政部门规定的有效证明，到拟升入的初中或县级教育行政部门指定地点办理入学手续。

据笔者考察，有关小升初"免试、就近入学"的原则，我国2006年新修订的《义务教育法》就已明确规定。但家长的担心，并不是多余的。历来，说一套做一套的事情，少吗？各行各业，潜规则，少吗？权力寻租，少吗？阳光是有，关键是阳光照在了哪里。

不管什么手段，目的恐怕只有一个，让孩子上好学校，上好班。

那年，我在山师二附中附近的小市场买菜，碰上一位老人，在房产中介店前的广告栏里寻找二手房信息，我也顺便看了一眼，发现房价又涨了。问那老人是不是要在这里买房？她说，是啊。我说，你看，没什么好房子，还都这么贵。她就说，不就是为了外孙上学啊。

她在北边一个什么小区住，环境差，周围人员复杂，对口学校也不好，就想在这边买了房子，外孙好上二附中。

这就有点"孟母三迁"的意思了，我很钦佩老人为外孙的付出。

学区房，是现行教育体制下的一个独特现象。社会竞争的日益激烈，家长负担日益加重。为使孩子不输在教育的起跑线上，不惜重金购置一套属于教育质量好的学校学区的房产，不能说没有必要。这就造成了一些重点学校周边的房价高启。济南是这样，全国各地无不如此。

就在我写作此稿时，2015 年 5 月 21 日，《人民日报》刚刚登载了一篇题为《学区房"高烧"不退因为啥？"退烧"还得靠改革》的文章。文章写道，最近，正在热映的电视剧《虎妈猫爸》中，"虎妈"以九万元一平方米的价格买下学区房的桥段，令不少家长难以淡定！同日人民网安徽频道报道，影星赵薇豪掷一点二亿为女儿小四月买学区房。来自东方网的报道，上海二十六平方米学区房挂牌近三百万，三十多人挤着看。相关机构统计，2015 年 3 月以来，上海学区房需求量猛增，4 月底相较 1 月初增长了 46%；学区房挂牌量也有显著增长，较 1 月上升 32%。猎房网同日报道，温州"学区房新政"致家长提前布局购房。随着入学报名时间的临近，多数想要购买学区房的家长已逐步完成购房。然而自上月底"学区房新政"落地后，学区房再度成热门话题，不仅打乱还在寻找学区房的家长的购房节奏，还吸引了一些子女尚未上学、升学的家长提前布局……

对此，我不但理解，而且对这样的家长表示由衷的敬意。教育体制不做合理更改，说别的什么都是"淡话"。

2015 年 2 月 20 日下午，济南市教育局陈东生局长，在与教育部基础教育一司副司长杜柯伟等做客搜狐教育会客厅，就有关问题发表看法时谈道：

"小升初的招生是义务教育阶段最关键的环节。教育部出台这两个政策，就是抓住关键环节来推进教育公平。山东济南落实这项工作，一定要按照教育部的要求继续做好。我们从 1987 年开始就按照义务教育阶段小学和初中划片免试入学，它的前提是 1986 年第一次颁布的《义务教育法》，然后济南市采取了一系列的措施，改造各个学校然后推进了义务教育的划片免试入学。通过这些年不断的完善，主要做了五个方面的工作。第一个是让基本条件在区域内差不多，这个就是济南市做的学校配置的标准化建设。第二个就是在师资均衡方面，一些教师进行交流和交换。第三个是采取了一些热点学校和非热点学校的组团管理，组团建设，集团化办学，提高管理水平。第四个是对教育教学质量进行统一的提高。另外招生政策的制定对于保障义务教育阶段顺利实施划片入学也有很关键的作用。这个作用就是我们把普通高中的招生指标，按照学生的人数，平均分配到初中学校里面去，这个比例占到计划内招生数的80%。另外，凡是在义务教育阶段有过择校记录的学生，不能享受指标生这个政策。这一条对于保证义务教育阶段免试入学有非常重要的作用。因为你只要是没有按照划定的学区去入学，将来你可能不能相对容易地进入比较好的高中学校，这个作用还是很明显的。"

这里明确传达两个信息，那就是，一，学校之间差距缩减；二，以增加指标生的比例，减少择校意愿和意义。

从我们所做的调查和分析来看，"上学难"的说法是非常笼统的。事实却是，在义务教育阶段，上学并不难，上好学校难。因为有优劣之分，才产生了择校、择班的现象。

那么，要解决喧嚣多年的"上学难"问题，最重要的是从源头梳理，找出症结所在，在源头上做文章。

山东省实验中学建校于1948年，是山东省首批省级重点学校、山东省省级规范化学校。这所学校历年来名声在外，在我没调到济南之前，就知道上省实验很难。来济南之后，我是想都没敢想让孩子去考省实验。但上省实验，在济南的确是很有面子的事。据外界传言，有一年省实验一个班，几乎全部考上"一本"。还有的说从省实验出来的学生，到哪儿都是群体中最优秀的，得到了无数人的验证。很多教育机构的培训班，大都在打着省实验老师的幌子。

在济南人的心目中、口碑中，山东师范大学附属小学也是一所好学校，但山师附小深居闹市里，学区也是有限的那么一片。

原为济南铁路实验学校的市中区育文中学，曾在2014年4月，与实验初中正式签约，并与泉景中学、十四中学结成集团联盟学校。学校之间彼此互派教师，资源共享，活动共办，大家优势互补，抱团发展，共同提高。现在育文中学的校长就是从实验初中的领导岗位上调配过来的。济南市二十七中的校长也曾向我介绍他们集团化办学的经验。与二十七中共同组成二十七中教育集团的普利中学、七贤中学，是两所外来务工人员子女定点学校，也都地处偏僻。通过这种组团式的合作，就等于把二十七中的教育资源"辐射"到了周边。这样就出现了一个可喜的现象，不在市中心，也能上"名校"，每个孩子在自己家门口也能享受优质教育。

但是，对这种"集团化"办学，以及推行的"指标生"政策，早在几年前，我就似乎听到过一些议论，那就是，因生源的影响，教学力量的分散，会不会不利于"名校"的进一步发展成长，以致于"名校"被拖后腿，优势渐渐消失呢？

其实，这种担心也并不是多余的。但话说回来，如果这恰恰是我们努力的目标呢？我也真心希望，所有济南的学校在将来的某一天都是名校！

济南市的全面教育基础能力建设，对教育保障水平的提高，也起到了相当大的作用。这些年来，济南市用了很大力量，均衡配置城乡、区域、校际教育资源，促进教育公平。2014 年共向 11 个县（市）区转移支付专项经费13.55 亿元，占市级专项经费的 64%，为推动均衡发展起到了积极作用。加快缩小城乡差距，集中力量解决教育公平中的紧迫问题，努力让全体人民享有基本公平的教育，是基础教育发展的重中之重。无论在教育资源配置上，还是教育管理方式上，济南市教育主管部门都在转变思路，多做群众期盼的事，多做雪中送炭的事，向民生"最低处""最急处"精准发力。希望各县（市）区切实以均衡发展为己任，用好资金，干出成绩。

2015 年，一方面要完善居住区教育设施配套建设联合工作机制，全市将开工建设四十六所中小学，未雨绸缪，积极应对外来人口增长及"二胎"政策带来的次生问题。另一方面还要深入推进全面改善义务教育薄弱学校基本办学条件工作，制定教育信息化建设五年规划，落实好农村义务教育阶段家庭经济困难非寄宿学生生活费补助政策。在特殊教育学校探索"医教结合""康教结合",积极开展随班就读和送教上门工作。

同时,编制实施第二期学前教育三年行动计划。要按照省二期行动计划目标任务要求,研究制定济南市 2015~2017 年学前教育三年发展目标。实施二期行动计划,必须始终坚持"国十条"确立的基本方向,鼓励和支持民办幼儿园,以市场调节和政策扶持机制优化学前教育资源配置,确保公益性和普惠性。

第三章　在学校里学到了什么

1.　在幼儿园：娃娃也要做主

少年宫跟我无缘之外，我也从来没上过幼儿园。最早听到幼儿园这个名字的时候，还以为那仅仅是城里人的事。我生长在农村，从记事起，就是每天照看弟弟，割草放羊，帮大人干活。

照看弟弟，好像就是幼儿园里要做的事。

等我在城里参加了工作，我们学校就有了一个"幼儿园"，但它不叫"幼儿园"，而叫"育红班"。上了"育红班"的孩子，接着在我们学校上小学。这"育红班"就如同小学的预习班。

再过了很多年，我也有了孩子。我不用每天上班，基本上就是在家看孩子。但我不上班，不等于我没工作。看孩子影响了我的工作，我变得很急躁。孩子刚刚两岁，我就把他送进了我家附近的一所私立幼儿园。这所幼儿园很简陋，收费很低。

把孩子送进幼儿园，我就轻松多了，起码会有一个白天，不会被孩子打搅。而孩子也多了一个世界，接回家里后，会讲幼儿园里的事，管穿红衣服的老师叫红老师，管穿蓝衣服的叫蓝老师。还有一样，喜欢吃幼儿园里的饭菜。

在这家幼儿园上了半年，孩子两岁半，可以进正规幼儿园了，我就又把

111

他送到我家北边的胜利油田第四幼儿园。因为是胜利油田办的，而我家属于地方，只得多交了一些钱。钱不多，我也不在意。

这家幼儿园比那家私立幼儿园好很多，是在一个小区里的小院，房子很漂亮。在去幼儿园之前，我带孩子去那里玩。晚饭时间到了，我看见幼儿园老师从厨房端出来一盆煮好的饺子，就对孩子说，去吃饺子喽。孩子高兴地跑过去，跟幼儿园的孩子一起吃起来，吃得很香。说实话，我也很想吃。

幼儿园的饭好，这没说的。

幼儿园里很快乐，又唱歌，又跳舞。

儿子在幼儿园学习了小蜜蜂英语，还学了珠心算。

学英语没看出成效，学珠心算就不同了。带孩子坐公交车，给孩子出题，他张嘴就说出答案，让车上的人都称奇。

孩子开始展望未来了。有一次对我说，上完小班上中班，上完中班上大班。我问上完大班干什么呢？他说，上完大班就当爸爸了。

可是刚刚上完中班，我又等不及地提前把他送进了小学。大班成了他没能实现的梦想。

这是十几年前的事了。如今有什么不同，是另说着。反正我想念孩子的幼儿园，是因为那里的美食。有一段时间，我真怕孩子在那里吃太胖了。在孩子上小学期间，为了省去中午接他放学，我给他报了小学旁边的一家幼儿园办的"小饭桌"。孩子随着年龄增长，饭量大增。在那家幼儿园吃"小饭桌"，眼看着一天比一天胖。为什么？幼儿园的饭太好吃了。有一次我去接孩子，幼儿园老师热情地说，一块儿在这儿吃吧，孩子们吃不了。我高兴地说，好，吃就吃！

嗨，绝对比我家的饭菜好吃。

现在的幼儿园，具备了更多的先进设施。有了硬件设施，软件自然也要跟上。前面提到的那家历下区第三幼儿园以"与爱同行，成长相伴"办园理念为思想引领，抓管理，促教研，勇创新，重落实，提升教师爱的情感、能力和智慧，促进幼儿健康快乐成长，把内涵发展真正落到了实处。在老师们的亲手装扮下，幼儿园如同一座梦幻城堡！

感受美的氛围，才能萌发创造美的冲动。幼儿园的一草一木、一室一墙都对幼儿的成长起着熏陶感染作用，身处美的环境中，身心自然愉悦。依她们的说法是："与爱同行在温馨雅致的环境中。"

活动室的设计布置，也是一派温馨、典雅的格调，犄角旮旯也都巧妙利用起来，让孩子们充分体验到嬉戏玩耍的乐趣。

每层楼道，或温馨黄，或生机绿，或沉静蓝，用色彩营造出了一个童话世界。每间教室都有一面会说话的"主题墙"，上面不仅展示着孩子本色而个性的作品，还有老师们精心描绘或制作的充满想象力的装点。孩子们也跃跃欲试，爱要尊重，爱要给予，于是，孩子们参与其中，童稚的话语、稚嫩的作品，都成为活动室的中心，到处洋溢着生命的激情和活力。

老师们还设计了角落花园，虽然在园子的一角，但却是孩子们最为喜欢的乐园。小家伙们喜欢在弯弯曲曲的鹅卵石小道上走来跑去，喜欢在蘑菇房里坐坐聊聊，喜欢在清晨的时光喂喂小羊，喜欢在夏天的梧桐树下乘凉。花生熟了，他们和老师们一起收获；苹果熟了，他们邀来小伙伴共同享用自然的果实。

这种精心修饰又不露痕迹、源于自然又超于自然的美，潜移默化中净化着园中人的思想和灵魂。"与爱同行"的育人理念渐渐转化为教师的自觉行为，幼儿也感受到了人与自然的美丽与和谐。

独具匠心的开发设计拓展了幼儿活动的立体空间。沙是孩子们最喜欢的游戏素材之一，沙池是孩子们的成长欢乐园。配上丰富的沙具，在沙池乐园里，孩子们可以自由自在地去探索，大胆地去想象。

但是老师们似乎并不太热衷带孩子玩沙，原因是怕扬沙或者沾沙。鉴于这个原因，幼儿园考察并改建了干湿两用沙池，引进不沾身、质地细的净沙，重新修整了可以蓄水、排水的湿沙池。夏天，更有利于幼儿用沙子塑形和制作模型；冬天，将水排干，就可以玩干沙了，深受幼儿欢迎。

与爱同行在精彩纷呈的特色课程中。

爱，就要让孩子们快乐，在快乐中学习，在快乐中发展，是我们教育追求的终极目标。

"我的游戏我做主。""嘟嘟贝贝小镇"是历下区第三幼儿园为孩子们开辟的角色体验混龄游戏。每周一个下午，全园互动，班与班之间开放区域，幼儿自主选择自己喜欢的区域活动。为了控制进区人数，鼓励幼儿多多参与各种游戏，将钱币引入，为幼儿办理了"存折"，并设立了"银行"。幼儿在选择中面临"资金问题"，要先从事一些服务与制作"行业"，赚到钱，才能去消费和享受服务。在整个游戏中，幼儿成为真正的主体，规则的制定都由他们进行商议，达成共识，甚至组织、管理完全由幼儿自己完成。

适合孩子的课程才是好课程。第三幼儿园组织骨干教师在通读建构课程、奥尔夫音乐、创意美术等课程的基础上，开发了小、中、大各年龄段的各种园本课程。"纸浆画"就是老师们自己开发的。

2014 年下半年，幼儿园让孩子们改用纸巾擦手，这样不仅避免交叉感染，还节省了空间。但问题随之而来，就是太浪费纸资源。在幼儿教师的眼中没有废品，于是，如何变废为宝成为他们新的研究课题。老师们上网搜集，集思广益，充分论证，决定通过回收、消毒、浆化、染色、胶着等工序将擦手的纸巾重新利用，制作成纸浆画。这一创意给他们带来了莫大的惊喜，也让幼儿在制作过程中感受到艺术的神奇魅力。

在人们的印象中，幼儿园老师一般为女性。但为了孩子的健康成长，配备一定比例的男老师，是非常必要的。第三幼儿园里就有这么一支充满活力的男教师团队。他们开发了户外体育活动课程，根据不同的年龄段、不同器材进行游戏设计，深受孩子们的喜欢。例如，爬桶的设计和利用。明年，会有更多样的户外玩具为孩子们的健康成长助阵。

每年 12 月的童话艺术月，都会有各式各样的卡通人物，伴着各班的童

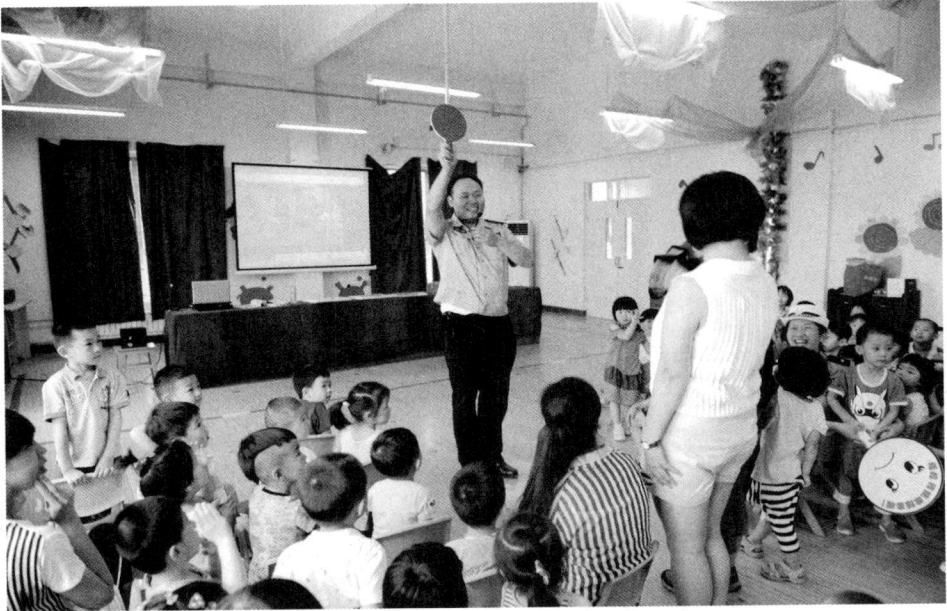

交警走进幼儿园,为小朋友演示交通规则 （摄影:王方晨）

话剧表演、诗歌朗诵会等展现在舞台上，家长们盛装出席，观看孩子们的精彩表演。作为孩子们最喜欢的活动，让孩子们绽放最童稚的笑脸，释放最宝贵的童真，成为三幼每个教师的梦想。

"童心绘世界"绘画比赛，并展览在创意美工坊和艺术走廊，带给孩子的或是看到同伴作品的惊喜和创作的冲动，或是看到自己的作品展示在专栏中的自豪与愉悦；带给家长的或是对孩子想象和绘画能力的刮目相看，或是对自己教育行为的反思；带给教师的则是对幼儿艺术教育成果的莫大震撼和启迪。

第三幼儿园追求的正是将教育的智慧在每一笔的涂鸦中充分地流露，让每一份作品在他们成长的道路上留下爱的痕迹，让每一个孩子在与爱同行的幸福天空下，绽放自己独有的色彩。

孩子的成长需要父母爱的陪伴和亲历、见证。第三幼儿园经常邀请家长参与各类亲子活动，妈妈讲堂、爸爸俱乐部……让家长与孩子共享成长的快乐。

孩子的成长需要接触社会这个生动有趣的大课堂，请进来，走出去，是达成园内外资源整合的最佳途径。第三幼儿园邀请交警叔叔走进来，教孩子们学做交通小指挥，请爸爸妈妈来幼儿园为孩子们上一节特色课。孩子们还会在老师和家长的带领下，走进超市了解物品的分类，熟悉标价牌，了解购物的程序规则，亲身体验一次购物的乐趣；走进消防队，参观消防设施，了解消防知识；走进公园，拥抱自然，种下爱心树苗，沐浴温暖的阳光，享受松软的草地，体验集体生活的乐趣。

与爱同行在点点滴滴的教育细节中。

专业队伍为幼儿成长保驾护航。亲切专业的保健医生规范幼儿健康档案，严格的晨检，定期查体，有效的传染病防治预案，培训保健卫生常识；健康专业的 A 级食堂工作人员，从食谱的制定，到食品的采购、存储、制作、留样，都做到一丝不苟；家长委员、伙食管理委员会成员定期监督，参与膳食管理；全园以"安全重于泰山"的责任感，层层签订《安全责任书》，定期开展逃生演习，用温柔而坚实的臂膀为幼儿营造舒适而安全的校园环境。

教师阳光般的爱给孩子一个阳光世界。孩子的成长需要爱的无痕抚慰。

孩子是父母生命中的爱，幼儿是教师生命中的爱，父母和老师也是孩子生命中的爱，彼此珍惜，彼此给予，彼此温暖，也彼此幸福。历下区第三实验幼儿园在"与爱同行，成长相伴"理念的滋养下，圆了老师们美丽的教育理想梦，他们的人生价值在这里得到体现。

2. 在小学：面向阳光，就不会有阴影

我曾是一名小学老师，我的任务是教学。因为喜欢文学，订过《文艺报》《新华文摘》《收获》等报刊杂志，为此被校领导侧目，认为我不务正业。哪里像在阳光 100 小学一样，能包容各种人才及爱好？"举止文雅，高贵大气，民族情怀，世界眼光"，这是阳光 100 小学对"未来文明的都市人"的定义。阳光 100 小学把培养"未来文明的都市人"作为自己的培养目标，不光说在口上，还刻在教学楼的山墙上，更落实在具体的教育工作中。这个，是我当年所供职的那所小学校想都想不到的。不得不说，时代进步了，教育进步了……

"阳光 100"，本是一家房地产开发商的名字，但用在一所学校身上，便有了崭新的含义。

　　你这糊涂的先生，

　　你的学堂成了害人坑，

　　你的墨水笔下有冤魂，

　　你说瓦特晕，你说牛顿笨，

　　你说爱迪生是白痴，

　　若信你的话，

哪儿来火轮，

哪儿来电灯，

哪儿来微积分。

你这糊涂的先生，

你的教鞭下有瓦特，

你的冷眼中有牛顿，

你的讥笑中有爱迪生，

你别忙着把他们赶跑，

你可要等到坐火轮，

点电灯，学微积分，

才认他们是你当年的小学生。

阳光100小学校长史俊女士，对教育有自己独到的理解。她在太原教育论坛发言时，特别提到了著名教育家陶行知的这首诗《糊涂先生》。按照传统的教育观，人们定会认为学习成绩好、听话的孩子是最好的，也是最有出息的。但是教育家提醒人们，不要被当前的学习成绩所蒙蔽了眼睛，成为糊涂先生。

史校长认为，今天的基础教育不应只是培养精英的教育，而是面向全体学生的教育。让学生做最好的自己，不是用一把标尺衡量每一个学生，而是要把不同的标尺立起来去评价学生自我成长的发展。每个学生都有其个性特点，他们来自不同的家庭，具有不同的认知特征，有着不同的兴趣爱好与不同的创造潜能，他们会有不同的价值观念，不同的欲望要求，这些构成了每一个独特的学生。他们有的潜力大一些，有的潜力小一些；有的在这方面见长，有的在那方面突出；有的左脑比较发达，有的右脑更有潜能。人的成长绝对不能等同于按照固定标准、统一模式生产出来的标准化产品。我赞成教育即是生长的大教育观，教育更像是农业，而不是工业；教师不是工程师，而更应该是启迪智慧、滋润心灵的导师。学校要尊重生命成长的规律，建设充满智慧的乐园和绽放美丽生命之花的花园，让每一个灵性显现出生命的活力。

"更好的教育是注重个体发展的教育，这种教育不是自私，也不是以自我为中心，而是要求教育工作者在最大程度上了解每一个儿童，知道他们的长处和短处，更好地提供教育措施，更好地测量和评价他们，让儿童能够在最大程度上发挥潜能。"这是著名心理学家霍华德纳提出的多元智能理论中的一段话。只有当学生的个性得到充分的发展，他们才有可能成为最好的自己。

对教育的理解与实践，体现着一所学校的教育哲学，表明了最基本的教育主张与观点，这也直接决定着一所学校的教育走向。我认为作为学校要做的就是提供学生个性发展的舞台和机会，让每一个生命绽放色彩。

阳光100小学在2007年建校之初，就是基于这样的办学理想构建了阳光教育理念，将阳光教育定位于爱智共育、情智共生的教育，旨在通过爱与智慧的润泽，达成学生人文素养和科学素养的和谐统一。

传统教育实施的"齐步走"教学模式，"一刀切"教学目标，"大一统"教学进度以及同一标准的教学评价，无视了学生的个性差异，使得"吃不饱""吃不了""吃不好"的现象随处可见。因此，我们构建的阳光课堂强化分层教学原则，教师根据学生接受能力不同、资质不同而设计不同的教学目标，提出不同的问题，做出不同水平的考查和评价，让学有余力的吃饱，能力弱的吃好。为了保证学生参与教学活动的积极性与有效性，我们在听课时利用表格分析老师对学生的关注，记录发现，教师一般对自己一侧的学生关注较高，相反一侧则关注较少；教室四角上的学生往往成为教师上课关注的盲区。通过这样的分析，老师们就能发现自己上课时不经意忽视的区域，进而在课堂教学中给予足够的关注，从而保证每一个学生的参与和发展。这样的研究

阳光100小学校长史俊女士在教师照片墙前 （摄影：王方晨）

引起老师们强烈的反思，使他们认识到教师只有关注每一个孩子，才能为他们提供良好的发展机会，使所有学生都能通过自己的努力，为自我的发展储备知识与能力，品味成功的喜悦。

课堂如同土壤，土壤有了阳光、水分与营养才会肥沃。"阳光课堂"就是一方孕育了希望的沃土。在这一方土地上，教师更加注重培养学生的独立性和自主性，培养学生质疑、调查、探究的能力；学生在教师的指导下主动地、富有个性地学习，个性、潜能都在发展、成长，学生成长的道路上洒满了阳光。

阳光100小学在阳光教育的实践中，力求从理念到课程、从过程到方法去建立适合每一个学生充分发展的有机整体。在阳光教育理念的指导下，他们为了让学生能够自我发展，提出在六年的小学教育阶段要练就"六大童子功"。为了给学生提供更多的发展机会，学校加强了对国家课程校本化的研究。网球，作为一项高雅运动，从2009年起进入阳光100小学的课表。他们本着普及与提高相结合的原则，既要学会，又要学好，学有专长。在全国短网大赛中，获得团体亚军，并包揽了所有的亲子项目冠军。

此外学校还开设了版画、长笛、书法、游泳、油画等课程，以满足不同层次学生的多元化要求。学校严格管理制度，采取限选、任选、必选课程的做法，保证了课程模块的有效落实。另外，学校特色活动课程、实践课程，成为学校课程的有机补充，让学生感受到学校教育生活的魅力所在。

在课程开发上他们力求多元。学校利用家委会，开发了培植学生职业目标的课程。几年来，家长义工讲堂已经发展成为阳光100小学一项特殊的系列化课程，深受学生们的喜爱。多元高雅的阳光课程，培养了学生良好的兴趣爱好，传承了中国的传统文化，提高了学生获得高雅生活品质的能力，为学生选择未来生活奠定了基础。

要让学生成为最好的自己，就要从小规范学生的行为，让学生养成一种行为习惯，树立良好的道德意识，学会自警自省，学会博爱和自我约束。基于这样的认识，他们将这一目标具体要求为"雅言、雅行、雅心"，细化到不同年级的教育活动中，形成螺旋上升的梯度模式。

在他们眼中，每一个学生就是一棵幼苗，他们伸展枝叶，渴望成长。而要想让株株嫩苗成为栋梁，需要输送营养，需要不断关爱，更需要修枝剪叶，给他们塑形，让他们知道自己成长的方向。因此，学校构建了"阳光品行成长树"，将德育目标具体化、层次化、体系化。这棵"阳光品行成长树"以学生的发展为主体，以现代公民教育、品格发展教育、心理健康教育等为主要内容，每个内容分支上又从"知、情、行"三个维度对不同年龄的学生提出适当的要求。按照由低到高，由小及大的顺序进行道德教育，才能让他们成为一棵枝繁叶茂的大树，一棵根基扎实的大树，一棵"天生我才必有用"的大树。阳光品行成长树的构建，让所有的老师、学生、家长一目了然，它既是德育目标，又是学生不断成长的榜样。

"一所好的学校不是一座孤岛，它必定通过自己建立起一个合作网络。"这说明一所优质的学校应与家庭、社会等与教育相关的群体保持密切、平等的关系，并充分发挥其教育功能。史校长认为，让学生成为最好的自己，需要让优质的社会资源进入校园，丰富学校教育的文化内涵；让学生的视野更加高远，就要让家长成为教育过程的参与者和活跃力量。家长来自各行各业，有许多都是行业精英，家长群体的职业内涵便成为一个极其丰富的教育资源。

为开阔学生视野，丰富校园生活，阳光100小学还对家长的职业进行调研，初步选取了五大领域的内容作为学生了解社会，从小培植职业目标的课程。这些课程均由不同职业的家长作为教师，他们根据职业的特点向学生传授讲解丰富多彩的知识。学生通过家长的特殊课堂了解了异域风情；了解了医学健康、环保知识；学习了摄影、烹饪技术。初次登上讲台的家长用自己的职业魅力、专业素养和生动讲述把学生带入新的知识领域，开阔了眼界，让学生感受到了不同职业的魅力，提升了公民素养。同时，家长榜样的形象走进了学生的心灵，令学生受到精神的熏陶。

不是每一朵花都如牡丹、芍药那般光彩四射，其中还有带刺的玫瑰，有迟开的花蕾，有受过生活伤害的花瓣……不管学生是什么花，那都不重要，重要的是创造个性发展的空间，用那一颗博大的爱心，公平、公正地为每一朵花都洒上甘露，用期待和热忱开启孩子努力上进的门扉，让他们在各自的基础、资质上健康快乐地成长，让学生做最好的自己！

为了看看阳光，我来到这个世界上。

这是伟大的俄国诗人巴尔蒙特写下的诗句。如果有人问，孩子在阳光 100 小学学到了什么，我想，不妨让我们随着阳光 100 小学关于"阳光、智慧、爱"的诗意遐想，去做一次飞翔的旅行……

3. 在初中：更好的自己和更好的伙伴

我把孩子带到济南上初中，孩子的思想很长一段时间转不过弯来。有一次，我听他说，以前在东营实验中学上学，每天起床上学都很兴奋，可是在济南，他从来都提不起精神。我听他这么说，心里想，这还真麻烦。但有什么办法呢？既来之，则安之。在济南上学不"兴奋"这是事实，也许正是一个人人生之路上的一道槛，只要经历过，就是财富。2014 年年底，我在别人的鼓动之下，重拾画笔，画了几幅画，送给别人。别人在观赏时指着一个"闲章"问道，这刻的是什么？我说是小兔子，儿子刻的。

这个章子就出自儿子在山师二附中上学时的手工。尽管刻得别人都看不出是什么，但也是一件珍贵的纪念物。

儿子在山师二附中学刻章，济南第二十七中却在教学生下围棋。小小围棋，又有怎样的意思呢？二十七中校长武树滨诗曰："人生有正道，修为方寸间。"

二十七中走过了五十五年的风雨历程，是一所有着辉煌历史、以围棋教育为鲜明办学特色的泉城重点学校。

虽然每所学校的教育目的是相同的，但教育的途径应根据学校的办学传统、文化内涵、学校环境、师资情况而"百家争鸣"。二十七中地处老城区，场地狭小，学生状况差异较大。学校必须走精品办学之路，放弃求大求全的思路，集中物力财力，在一个方面寻求突破，并以此为抓手，达到"提领携袖"的作用，引导学校的各项工作全面提升。

围棋是中华民族的传统文化，它经过几千年的传承和发展，深受世人的肯定和喜爱。古书有这样的记载："尧造围棋，以教子丹朱"。这虽为传说，但足以说明围棋从诞生之日起就显示出了它在育人方面得天独厚的功能。围棋教育在非智力因素开发方面具有独特优势，开展此项活动，不需要巨大的资金投入和广阔的空间场所，这正符合二十七中场地狭小、校舍紧张的现实，以此为切入点，推进素质教育的开展是最佳选择。

在社会各界的大力支持和师生的努力下，二十七中于 2000 年 9 月正式成立了"正道棋校"，制定了"以棋育人，文棋并重，全面发展，突出特色"的办学宗旨，引入了多名高水平专业围棋教练，聘请了多名围棋高手担任客座教师，成立了围棋教研组，开辟了四个围棋教学专用教室。

二十七中紧紧围绕"育人"开展围棋教育。围棋课程，面向全体学生开设。不仅教授围棋技能，也把围棋的基本礼仪、围棋名人故事、围棋诗歌等纳入教学内容之中。良好的设施，典雅的环境使同学们在围棋课堂上自然形成一种沉着之态、凝神之姿，很多平时性格泼辣，甚至调皮的孩子，在棋枰前一坐下来，几乎就换了一个人，其从容镇静之态，常常让人心生感喟。

二十七中的围棋教育正是通过对围棋中所蕴含的人文哲理、修身内涵的发扬，使之为我们的教育所用，成为我们培养综合素质人才的有益载体。通过我们的工作，以达到引导学生寻求正确的学习途径、作人准则、人生方向的目的。

围棋文化博大精深，育人功能强劲而鲜明，育人方式独特而有趣。它靠智慧把智育、德育、心育、美育、体育有机紧密地结合在一起，靠竞技性激发人的参与兴趣，让人在参与实践中领悟其魅力与哲理，从而受到潜移默化的良好教育，形成健全的人格和较强的思考能力。

现在的学生大多是独生子女，意志力、心理承受力都较差，这对他们当前的学习和今后的生活都会产生一些负面影响。未来社会是人才激烈竞争的时代，青少年不仅要有智慧的头脑，更要有坚强的意志和健康的心理。而二十七中开展的围棋活动，是对学生情商培养的最佳方式，通过强化围棋育人功能，达到特长发展与普及相结合。

下棋培养了学生沉稳、专注的品质。棋局一摆开，深谋远虑的布局，有声有色的战斗纠缠，生与死的搏杀，风向变幻的形势，无不像磁铁般吸住孩子的心。棋局的胜负，棋艺的魅力，使孩子们欲罢不能，注意力、观察力在兴味盎然的下棋过程中，不知不觉得到了培养和提高。

下棋可以养成学生坚韧不拔的精神。小小棋盘，方寸之间，黑白两子，纵横驰骋，可以演绎出无数变幻莫测、险象环生的棋局。棋手们一会儿一路顺风，一会儿步履维艰，一会儿山穷水尽，一会儿柳暗花明，一会儿处于漫长僵持，一会儿进入妙手连发。下棋的过程，是棋手不断地承受大喜大悲、大忧大乐和生死搏杀的紧张感的过程，在这个过程中，必须渐渐学会控制情绪，调整心态，冷静地判断形势，机敏地寻求生机，坚定意志力，饱尝挫折和艰辛，才能最后赢得胜利。下棋如此，人生也是如此，通过围棋活动，培养起良好的意志品质和健康向上的心理，对学生一生的成长进步，成就事业都会起到巨大的作用。

下棋可以培养学生的创新思维。围棋蕴含的深邃哲理和辩证法，构筑起了无限的想象空间和严密的逻辑思维，给热爱他的人诸多的昭示和无尽的启迪。在围棋中，学生不断思考创设新的布局与战法，在以弱胜强、出其不意、柳暗花明的较力中，创新思维得到培养，创新能力逐步提高。

开设围棋课是济南市二十七中的一大特色 （摄影：王方晨）

下棋可以培养学生的大局观。围棋讲究从大局着手，从全局出发，切忌因小失大。注重棋的厚与薄、宽与窄、藏与露、强与弱和攻与防的关系。下棋中，能渐渐学会辩证思维，养成大气之风，大局意识。

下棋可以让学生明理。围棋被人称为高雅的竞技活动。棋手在小小棋盘前一坐，就得懂礼貌，讲礼节，守规矩，"棋虽小道，品德最尊"就是这个意思。棋艺高者，棋风更要正。胜不骄，败不馁，善战者不怒，以不争而争。下棋中，金戈铁马、烽火连天、生死搏杀的场面是雄壮之美，而僵持对峙、波澜不惊、不战而屈人之兵的局面则是一种智慧之美。

围棋教育成为学校和班级文化建设的亮点，每个班级的墙壁上都有一个大的围棋盘，成为学生课余时间的游戏场所。

围棋教育的特色发展，吸引了大批爱好围棋的青少年来二十七中就读。目前职业段位选手两人，业余三段以上的在校生二十余人，二十七中成为培养青少年高端棋手的基地。为培养好这些苗子，学校成立围棋集训队，进行训练，在全国、省、市比赛中屡创佳绩。

古老围棋文化教育，发展到今天，要想保持旺盛的生命力，焕发出青春活力，必须和着时代的脉搏，与时俱进，必须在青少年中寻找知音。

"与其说围棋是竞争和胜负，不如说围棋是和谐。"这是《吴清源棋谈》中的一句话。

合作是人类相互作用的表现形式。教育应该是一个学生之间、师生之间协同努力、人际交互的过程。所有的教育都是一种交往过程，只有通过实际发生或隐含的人际交互，才能产生教育影响。

合作并不只是一种学习方式，而且是一种生活方式，一种人生态度，一种价值取向。作为一种价值观的教育，合作学习注重的是合作品质的培养，合作精神的养成，而这些目标的实现决不仅仅是课堂教学所能解决的，需要蕴含于学校教育的全过程。

校园文化的打造，是一个长期而艰辛的过程，是"合"的文化。合作，不是相互迎合，而是追求"和而不同"，是合力与个性张扬的配合。

在教学管理上，二十七中也有奇招。其中一项就是，通过深化"有效合作"的学习策略，构建"轻负高效"的教学文化。

重新编写学案，落实国家课程校本化。这可是一个颇为大胆的举动！

学案是教师上课的蓝本，体现教师的教学设计和教学理念。教师整合教材，设计问题，规划合作和展示，设置课堂和课后练习。其次学案是学生自学的帮手，也是合作学习的脚本；既是学生的练习本，也是课堂和课后的作业本；既能课堂使用，也能成为学生的复习资料，记录反映学生的学习、成长历程。这样就有效地替代了现成的教辅材料。

济南市育文中学把"滋兰九畹，树蕙百亩，育文九载，惠泽一生"作为自己的办学宗旨，以生态化教育的办学模式，实施着自己"同学同事，共创未来"的办学理念。与二十七中不同，育文中学是一所九年一贯制学校。这些年来，育文中学坚持以终身教育和终身学习思想为指导，积极创建具有"三友"特征的最佳教育生态，尊重教育规律，尊重学生成长规律，实施生态化教育，实行生态化管理，引领师生共同学习，共同做事，在和谐共生的过程中，既实现自我完善和自我改进，又实现教学相长和共同发展，为师生的终身可持续发展提供动力支持和能力保障。

当前的确有一些学校的掠夺性教育行为破坏了学校的健康生态。有的侧重单一的应试教育，偏重学习成绩造成学校教育与社会生活严重脱节。不少学校过分追求学习成绩的提升，忽视了学生心理、品格、技能、习惯等方面的培养和指导，错过了最佳培养时期，以至于一些孩子成年以后人格不健全，耐挫折力差，行为偏激，缺乏自主自立意识和创新实践能力。生活技能培养缺失，不能自立担当，出现了啃老族、大学毕业即失业等社会现象。这些都在提醒我们重新审视学校教育的职能。我们是要培养学习考试的机器，还是要培养适合未来社会需求、具有可持续发展能力的人？教育是为社会和国家发展服务的，要培养健全的、和谐的、有可持续发展能力的未来社会的主人。

学校是学生成长的关键生态体系，积极营造健康的学校生态是教育人义不容辞的责任。

会认知，会做事，会合作，会做人，这是育文中学对学生的培养目标。在最佳的教育生态中，育文中学着力培养具有"四会"能力的未来社会的主人。

基础教育是必不可少的"走向生活的通行证"。基础教育是为整个人生做准备的重要阶段，更是学会学习的最好时期。人们对学习的态度和方式都是在基础教育阶段形成的。育文中学旨在培养具备"四会"素养的合格毕业生。

国际 21 世纪教育委员会向联合国教科文组织提交的报告《教育——财富蕴藏其中》中指出：面向 21 世纪，教育的四大支柱，就是要培养学生学会四种本领：

第一，学会认知（learning to know）。育文的学生不仅能通过学习掌握知识，更要学会运用认知工具求知。学会认识自我、认识自然和社会。要通过学习，掌握一定的认知方法，保持好奇心和求知欲，善于发现和思考，学会运用注意力、记忆力和思维能力来收集信息、处理信息、选择信息、管理信息，培养锻炼继续学习的能力。

第二，学会做事（learning to do）。学会做事与学会认知紧密结合，二者是"知"和"行"的关系。育文的学生要学会在认识世界的基础上，进一步培养改造世界的能力。学校积极创设各种环境和平台，让学生在实践和人际交往的过程中充分获得体验，获得知识，学会做事，培养合作精神、创新精神；培养觉察力、判断力、应变力和创造力；培养交流能力、与他人共事的能力、管理和解决冲突的能力和使一个集体紧密团结的能力等。

第三，学会共处（learning to live together）。育文的学生在教师的引领下，通过合作式的学习活动，逐渐学会与他人共同生活，包括学会合作共事、合作学习。学生能正确认识自己，并且心中有他人；学会关心、学会分享、学会合作；能以和平的、对话的、协商的方法处理矛盾；能与自然和谐相处。

第四，学会做人（learning to be）。育文的学生要努力成为健全发展的人，即身心、智力、情感、态度、价值观等方面的全面进步和发展。能充分发展自己的人格，增强判断力和个人责任感，充分发掘潜能。

这四个"学会"相互联系，相互渗透，不可分割。未来社会是学习社会，学习社会要求人们成为具备"四会"特征的终身学习者。育文中学把"四会"作为培养目标，"满足学生基本的学习需要"，培养学生的终身学习能力，以"让每一个成为更好的自己，让每一个成为更好的伙伴"作为课程理念，培养学生善良、善感、善学、善思、善群的品质和能力，让学生善己身心，善及他人，充分挖掘潜能，为终身可持续发展打好基础。

4. 在高中：撕书？打老师？绝不允许

随着高考临近，一些家长紧张起来。高考期间，社会上都会传出一些奇闻怪谈。昨天，2015 年 5 月 26 日，儿子高考的地点确定，在济钢中学。儿子他妈听了，就要去订考场附近的宾馆。我说，用不着，我联系了家住华龙路的一个朋友，中午的时候可以去他那里休息。问题就这么简简单单地解决了，但我知道，不知有多少家长，已经忙碌起来。

还是昨天，跟微信上的一个好友聊天，朋友千叮万嘱要注意的事项，还说要考就考北京的学校。我说，现在说什么都太早，看他考完的成绩吧。

还没见成绩，想那么多的事情有什么用呢？

我就是这态度。

在采访济南中学校长崔宝山的时候，崔校长提起一些高三学生，高考前要么撕课本，要么大哭大闹，甚至打老师发泄，他说，这类行为是决不允许的！这不是一种正常的教育状态。教学只是教育的一部分，而教育不是教学的一部分。教育，应该是学生的全方位的成长。在教育工作中，正确的价值观的引领非常重要。

我赞同。

济南中学力推多元、公正的阳光教学评价体系。学校通过实施"阳光评价"，力促教师做"阳光教师"，学生做"阳光学子"。

"阳光教师"应具有阳光的心态和扎实的专业素养。阳光心态是一种健康、平和、宽容、大度、崇高、自信、积极的心态，是一种化尴尬为融洽，化压力为动力，化痛苦为愉悦，化阴霾为阳光的心态。扎实的专业素养要求教师具有"精业强能，身教善行"的基本素质。学生则开展了礼仪之星、研究之星、创新之星、制作之星、艺术之星等多种形式阳光学子的评选活动，给学生、教师搭建更多的平台，提供更多的展示机会。

济南中学的课堂，是充满生机、活力的阳光课堂，也是快乐、高效的课堂。

5. 没升入高中的孩子去了哪里

口述：李天宇，男，18 岁，浪潮集团餐厅学徒

在我小学毕业之前，我对世界的认识就是这么大，几乎等同于我们的村子。我当然从没想到过要走出去。可是，模模糊糊记得，在那些日子里，常有一个时髦女人到我家来。后来妈妈告诉我，她是嫁出我们村子的闺女，在外面一个民办学校当老师，娘家就是村西头的那户人家，只有母亲，没有父亲。其实她的父亲曾是民办教师，转正后不久退休，突然就从家里失踪了，据说是跟一相好的女人私奔。她母亲成了弃妇，一天到晚四处"声讨"丈夫的罪恶。这个女人名叫周丽华，平时我们见不到她。因为陌生，我感到自己的家像被外来人侵入了一样，但心里又隐隐为这种侵入感到荣耀。她年轻，会打扮，过去跟我们并不亲密，现在一而再，再而三地到我们家来，向年幼的我传达着一种不安的信息。

事实就是，我的命运因这个女人发生了巨大的改变。本来我小学毕业后，按正常的路径，是升入本学区的缙城中学。可是，经过周丽华一再地在我父母跟前游说，父母极大地动了心，把我送进了一家刚刚成立两年的私立学校。这所中学在周丽华的口中，是一所县城里的学校。可是它实际上龟缩在县城郊外的几处民房里，校园"四通八达"，因为连院墙都没有，猫狗鸡鸭，随时都可以游窜到学校里来。为争夺学生的粪便，周围的几位村民常常大打出手。后来妈妈告诉我，这个周丽华谎称自己的侄子也要上这所学校。

在那家所谓的学校上了一年，学校租下的校舍就被租户收回，学生们只好休学在家。后来好不容易又回到课堂，却是临时搭起的帆布篷子，四下透风，一下雨就漏。在家人的努力下，我转回了缙城中学。

事实就是这样，我的学习很吃力。越是吃力，我越厌学。在课堂上简直就是受罪，老师讲什么，全都听不懂。到了初三，我简直就没有好好上课。当时县城和缙城镇上，甚至学校附近的村子，开了很多网吧。我开始逃学，第一次在网吧里住了三天。这情况家里人根本不知道。

显然网吧的吸引力远远大于学校。迷恋网络游戏的后果是，我的视力急剧下降。人家因学习，弄成了个近视眼；我是荒废了学习，也弄成了近视眼。

对于将来，我没有考虑更多，就那样过一天混一天。眼看我连初中都无法毕业，这时候我四叔从安徽来家探亲。四叔是安徽一个消防队的干部，在父母的要求下，我被四叔带到了安徽。

在四叔身边，我过了一段很滋润的日子。我在消防队帮忙做一些杂务，跟消防士兵一起吃饭，什么也不用操心。但是，四叔为了让我学到一技之长，建议我参加了新东方的厨师培训班。头一年学费一万多，我倒学了点东西。指望再学一年，拿到厨师证，没想到又需交一万七的学费。

我家里非常困难，父母务农，还有两个超生的弟弟。父母挣的那俩钱不容易，我不忍再花这么多钱。跟父母商量后，父母也说，上这么个班，比上大学都花钱。

离开新东方，我没有回老家，而是去了一家饭店。没想到，人家见我年龄小，一个月才开一千五百元。我干了没几天，就辞了。之后去的几家饭店，给的钱也没超过一千五百元的。我还给小卖店卖过酒，也是给一千五百元。小卖店生意不好，连这一千五百元也不想开了。这时候我已打定主意，不做厨师了，做销售。我单纯地想，当厨师一天到晚呆在厨房里，哪像做销售的，四处乱跑。

从家里带的钱花光了，我只得从安徽回来。通过电话联系，我终于又在安徽贵池找到一家饭店，答应每月开给我一千八百元。虽然还是饭店，但我还是很高兴。不料兴冲冲地赶到那里，人家又矢口否认给这么多钱。我觉得受了骗，也受了侮辱。离开饭店后，我给家里打电话，止不住哭了起来。

我重新回到家里。在我感到前途无望时，在济南工作的伯伯给我联系了浪潮集团这家餐厅的工作，每月一千八百元，是学徒的工资。我干了几个月，已顺手了。可是，在聊天时，我师傅却说，你怎么干这个呀，浪费青春……那我干什么呀？我期望着精彩的人生，我期望每月能多挣些钱，帮助困难的家里。于是，我又想干销售了，销售可以挣大钱……

李天宇是一个来自济宁金乡的餐厅学徒，初中没有毕业，在"新东方"学过一年的厨师，来餐厅打工时刚刚满十八岁。听着他一句一个"销售"地讲自己的愿望，我都理不出来他脑子里是怎么想的。在餐厅工作五个月后，这孩子终于又离开了餐厅，因为他"看到锅就烦"，他认为还有更精彩的人生在等待着他，不想在厨房里"浪费青春"。现在他去了青岛打工，我从微博上看到他发的图片，给一只小螃蟹每个夹子上夹了一支烟。看他住的破烂的环境，我想，他根本就没认识自己。什么也没学到，却已经学会抽烟了。

今年4月里，我去了济南第三职业中专的顺河校区。这是济南市教育局直属的一家省级重点职业学校。在吕凌云校长的陪同下，我参观了整个顺河校区，了解到职业中专到底是怎么回事。因为看到学校里有厨师班，就忍不住提到李天宇。吕校长说，像他这种情况，可以去读当地的职业高中。我遗憾地说，我不知道啊，原以为考不上高中就没人管了，他参加职业培训，连证都没拿到，还花了那么多钱。吕校长说，不让这些孩子上职业高中的，主要是生活困难的农村家长想让孩子早一年挣钱养家。

听吕校长介绍情况，我终于知道了一部分参加中考而没有考上高中的初中学生的去向。这些学生可以选择接受中职教育，从而成为一名技术工人。实际上，中职生的就业情况非常好，不少企业都争着提前预定中职学校毕业的学生。

我其实为这个问题疑惑了很久。我曾误以为，国家九年制义务教育完成后，除了考上高中的以外，这些学生也就无一例外地随着流落到了社会。当然，这部分孩子跟升入高中的学生相比，学习成绩没有那么优异，但拥有成功的愿望和潜能则是同样的。

下面，我们来看看何谓"中职教育"。

百度百科"中等职业教育"词条说明，中等职业教育是职业技术教育的一部分，包括普通中等专业学校、技工学校、职业中学教育及各种短期职业培训等，是我国高中阶段教育的重要组成部分，担负着培养数以亿计高素质劳动者的重要任务，是我国经济社会发展的重要基础，主要招收初中毕业生或具有同等学历者。它为社会输出初、中级技术人员及技术工人，在整个教育体系中处于十分重要的位置。

济南市三职专除了我到过的顺河校区，还分设山大北路校区和玉函校区。顺河校区距大明湖不远，深藏在闹市区里。校区不大，会谈是在教学楼一楼的会议室进行的，就像坐在大街上，一抬头就可以看到街上车来人往。这个会议室照别的地方看来，就是教学楼入门大厅的位置。吕校长介绍说，学校尽量节省房间，以保证教学用房。

跟吕校长转了一圈，发现学校面积的确不大，但处处都得到了充分的利用，该种树的种树，该养花的养花，好像一个浓缩的盆景。吕校长告诉我，整个学校的卫生环境没请一个物业人员，全是学生和教职员工自觉维护。

在教室楼的走廊门口，戴着袖章执勤的学生非常引人注目，而且每个楼道口都有。一见我们走过来，执勤的学生马上彬彬有礼地打招呼。

吕校长还领我看了学生的点钞训练、餐桌服务训练、茶艺的学习等。忽然从一个教室里传出了山东快板：

> 闲言碎语不用说，
> 单说我们山东老家的故事多。
> 山东人讲山东话，
> 山东人说话像唱歌。
> 夸山东，话题多，
> 话到嘴不好说……

我们走过去，原来是旅游专业的老师在训练学生的口才。在他们的背后是一方巨大的屏幕，老师热情地让我戴上特制眼镜，原来那画面是 3D 的。从眼镜里看，仿佛身临其境。

不可否认的是，职业教育的生源比较特殊，但是，每一名学生都是等待打磨的黄金和期待雕琢的璞玉。

"我们相信每一名学生都有成功的愿望与潜能，相信每一名学生都可以在教师的帮助下获得成功。"吕校长说。她要求教职工能够发自内心地欣赏和关爱走进三职专的每一名学生，"不抱怨，不放弃，看基础比发展，从最后一名学生抓起"，"严格要求，关爱管理"，始终做到"爱生如己，教生如子，待生如友"，为每一名学生一生的幸福和健康发展，奠定基础。这个是"以生为本"。

同时，吕校长又提出"以师为本"。一直以来，三职专始终坚持"为了生命发展和幸福"的基本价值取向，营造健康向上、民主自由、尊重个性的氛围，激励教师积极进取，搭建平台，建立机制，促进教师专业化成长。三职专把"让走进三职专的每一名学生享受最适合的教育"作为教育理想，把"高素养、精专业、强能力、善行动"作为努力方向，要求教师"主动学习，不断借鉴，努力超越，创出特色"。在这种"以人为本、和谐发展"的办学理念引领下，为每一位走进三职专的学生营造了理解、尊重、严格要求、关爱管理、奋发进取、自信自强、学会选择的健康成长环境，同时也给三职专注入了发展的生机与活力。

涉及具体做法，吕校长又总结出"以主题目标引领人"的教育理念。首先是，立德，立业，培养造福于社会、与社会和谐的能人。她说，作为一所中职学校，我不奢望学生在毕业后能做出多少惊天动地的大事，而是希望他们首先能做一个好儿女，知道在家如何孝敬父母，如何让父母顺心，不让父母生气；能成为一个好员工，到工作岗位实习后，懂得服从领导，团结同事，成为对这个单位有益、有用的人，而不是给这个单位带来损失的人；将来走向社会后，能成为一个社会和谐分子，成为一个好公民，做对社会有益的事。在这个基础上，他再成家立业，培育好儿女，成为一个好父亲、好母亲。

在主题引领下，达到精神激励。吕校长引用台湾作家刘墉曾在《攀上心中的巅峰》一书中的话说："你可以一辈子都不登山，但你心中一定要有座山；它使你总往高处攀，它使你总有个奋斗的方向，它使你任何一刻抬起头，都能看到自己的希望。"吕校长认为，从事教育，首先要有一个教育的梦想和理想，并为追求理想而奋斗，这样的教育人生才充满生机和意义。作为一所有魅力的学校，一定是拥有一群充满了教育理想的教师，他们在追求自己教育理想的过程中实现着学校的目标和理想，学校会因为拥有这样一群优秀的教师而充满无限的活力和魅力。

以"悦纳教育"培养人，是三职专的另一个教育理念。

什么是"悦纳教育"？吕校长介绍说，美国著名社会心理学家马斯洛认为一个心理健康的人悦纳自己，即实事求是地面对真实的自我，既不妄自菲薄，也不妄自尊大。对自己一分为二，既能充分地认识自己的优点，又能认识到自己的不足。只有悦纳自己的人，才能客观地认识到自己的优势和不足，才能愉快地接受并不完美的自己和他人，才能有意识地弥补自己的不足，从而不断地完善自我，不断地增强自信，做到与人为善，与他人和谐相处。

对此，三职专又采取了哪些做法？

从 2012 级新生开始，三职专就引导高一学生撰写"快乐日记"，如实记录自己的所思所想，反思自己的所作所为。班主任和学生的导师定期批阅，及时了解学生的思想动态，并根据学生的实际情况，有针对性地写出激励性的批语，这一举措收到了良好的效果。利用这一平台，学生通过反思自己，对自己有了更加理性的认识，加强了师生之间的交流和沟通，拉近了师生之间的距离，增进了师生之间的理解、信任和感情；促进学生养成了"自主反思，自省吾身"的良好习惯，从而促进了学生的自主发展。"快乐日记"搭起了学生"自省吾身"的平台，架起了师生沟通的桥梁。

再者，"拿着放大镜看同学的优点"。同学有哪些优点，老师和同学们都帮着找，引导学生在懂得悦纳自己的同时，也要学会欣赏别人，激励别人，共创和谐，共创美好。

吕校长介绍说，某班有位同学，平时认为自己没有任何优点，老师和同学都很讨厌他，自卑心理很严重。有一天，礼仪值勤时，他代替生病的同学做升旗手。下午开"拿着放大镜看同学的优点"主题班会时，这位同学很紧张。结果同学们对他说，你今天升旗升得好，关键时刻不掉链子，为班级争了光，这就是你的优点呀！

这是很不起眼的一件小事，没想到极大地鼓励了这位同学，后来他就亲口对老师说："我自己认为没优点，结果同学们给我找了这么多优点，我对自己有了信心，我相信自己其他事情也可以做得很好。"

"人人都要尊严，我们就是要考虑如何呵护学生的面子和尊严问题。"吕校长说。

济南市三职专的学生在学习茶艺 （摄影：王方晨）

古语云："蓬生麻中，不扶自直。"

三职专坚持"以先进文化启迪人"。优美典雅的教育教学环境，启迪心智的励志标语，健康融洽的师生关系，积极创新的学习氛围，这些良好的校园文化，时时处处以一种"润物细无声"的方式潜移默化地影响着学生的成长。通过校园文化建设，济南三职专实现了让花木含情，让墙壁说话，让每一条道路，每一栋楼宇，每一个走廊，都给学生以启迪，净化着学生的心灵，塑造着学生的灵魂。

教室内，班级文化弘扬着"团结友爱，幸福一家人"的主题，弥漫着温馨和谐奋发进取的青春气息；墙面上，理想信念、廉洁诚信、法律法规、世界风情、世界名胜、国学经典、励志故事、优秀校友事迹等，举目可见，给学生以心灵滋养和精神鼓舞，发挥着"以文化人，以文育人"的教育功效。

活动是德育工作的重要途径，活动中有价值的体验和收获更容易在学生的记忆中留下痕迹，成为其生命的一部分。三职专按照"以学生为主体，以活动为载体，以成功体验教育为主线，以发展为目的"的德育工作思路，实施全员育人、全程育人和全方位育人，积极探索"学科育德，常规养德，活动润德，行为践德，文化铸德，管理强德"的六维育人体系，以活动教育塑造人。

近年来，学校每年开展"三节五月"活动，科技节、体育节、艺术节、读书月、生命教育月、礼仪达标月、技能展示月、安全教育月，丰富多彩的教育活动，帮助学生"在关爱中参与，在体验中成长，在自信中成功"。

在生命教育月中，一节节主题班会催人泪下，拨动学生柔软的心弦。许多班主任邀请家长来参加，在教室里，父子、母女在互相的理解、体谅和爱的表白中抱头痛哭，震撼心灵。感恩让学生知道了父母的艰辛，感恩让学生知道了生命的真谛，感恩让学生学会了成长。

班会后，吕校长还建议班主任让每一位学生都给家长写封感恩信。统一用学校的信封和信纸，约请邮局的同志来校盖章，集体发送。家长们在收到信后都非常感动，他们感到孩子长大了，懂事了。

如今，网络的发达，使人生疏了写信这种传统的交流方式。其实在韩国、日本、我国港台及华侨地区，依旧保留着书信礼仪。掌握基本的书信礼仪，不仅有助于提高个人文化素养，还有助于增进情感交流。在三职专，这种似乎落伍的交流方式，重新焕发了自己独有的魅力。

3月份，学校组织学生给以前教过自己最让自己感动的老师写一封信，感谢他们在成长路上的教育和启迪。

5月份，母亲节给母亲写一封信，向最亲爱的母亲表达爱意。

6月份，父亲节给父亲写一封信，向亲爱的父亲表示敬意。

9月份，教师节给当前正在教自己最让自己感动的老师写一封信，表达对教师的感激。

元旦前，给父母写一封信，汇报一下一年的学习和生活。

春节前，给辛苦养育自己的父母再寄出一张明信片，感谢父母的养育之恩、辛苦之恩，祝父母春节快乐……

一年七封感恩信，款款感恩心，浓浓报答意。在激发起了学生心中的感恩之心、感动之心的同时，让他们成为一个懂得感恩、拥有情感、富有活力、感觉幸福的人之后，吕校长就开始琢磨如何培育他们优雅的气质，让他们在言谈举止等方面做到彬彬有礼。

在2013年学校工作主题中，三职专提出了培育优雅学生的工作目标，致力于培养具有高雅志趣、文雅谈吐、典雅举止、优雅仪态、博雅学识、儒雅气质的阳光自信、善良博爱、宽容大度、意志坚强、内外兼修、德才兼备、知行统一的优雅学生。学校开设了礼仪课程，让学生学习必要的礼仪知识，培养学生仪表仪容、言谈举止、气质风度的与众不同；设置了礼仪教育月，开展了礼仪达标训练、礼仪执勤等活动，提高了学生礼仪知识的实际应用能力和与专业实践的结合能力，深化了学生的礼仪意识，培养学生的高贵气质。校园中学生彬彬有礼、落落大方，学生的文明气质在潜移默化中凝练而成。

　　连续两年，这所学校承担济南市教育局中考阅卷工作。2013年高一的十四名学生负责阅卷的服务工作，他们要打扫卫生、送水等；还要进行礼仪服务，不厌其烦地向老师问好，他们的着装大方得体规范。两年共计有一千五百余名老师到三职专来参加阅卷工作，他们对学生的表现感到惊讶：职业学校的学生竟然也这样有礼貌，如此懂事、大方、谈吐得体！参加阅卷的初中老师看到自己曾经教过的学生有这样的表现也很惊讶，想不到来三职专不到一年的时间，学生就有了这么大的变化！

　　而在2014年的全国职业教育"文明风采"大赛颁奖典礼上，三职专有六名同学参加了服务工作，受到领导表扬，三职专表彰他们为"文明使者"，意在把文明和美好带给大家。在学期结束时，三职专在每班开展评选"十星""优雅天使"等活动，因为每一个孩子身上都应该具有这十种优秀品质。

　　在科技节中，学生制作的小发明小制作等作品，凝聚着学生的智慧，也开发了他们动手动脑的能力。2011级3班的韩强同学，自己在业余时间制造了火箭，能够在空中飞行二百多米，获得了国家二等奖；2010级的张磊等三位同学，获得全国机器人大赛冠军，并代表国家去土耳其参加国际比赛。

　　三职专继而又提出"以绿色课堂培育人"。

　　何谓"绿色课堂"？就是充满关注和热爱的课堂。学校要求老师首先要带着爱与责任走进课堂，带着对学生提升与发展的教育理想准备着课堂，带着尊重与民主引领着课堂。关注每一位学生的课堂状态，让每一位学生在课堂上有言语权；让每一位学生敢于质疑，善于思考；让每一位学生有产生错误的权利和改正的机会。绿色课堂的目标是让学生对学习由不爱到爱，由无趣到有趣，并由此产生对生活无限的热爱之情，成为一个乐观豁达、自强不息、善于合作，勇于奋进的人。

　　鉴于职业教育的特点，三职专总结了自己"以服务为宗旨，以就业为导向"的办学方针，加强校企合作，扎实推进"理实一体化"教学，努力实现学习与就业"零对接"。

在会计专业教学中，2013年与济南百信会计记账财务代理有限公司签订了合作协议，双方共同拟定培养目标，共同制定课程计划，共同组织课程实施。百信记账公司为学校挑选优秀员工到校上课，学校安排专人进行跟踪听课和指导。在教学中，结合企业工作岗位的实际需要来深入地引导学生学习，培养了学生的实践能力；通过"真账实操"的教学方法，激发起了学生的学习兴趣；以真正的会计岗位责任制对学生进行学习评价考核，培养了学生的实操能力。学校利用校友资源，又与四季厨房等高档餐饮公司达成了合作意向，为旅游专业"理实一体化"教学的实施奠定了坚实的基础。

最终这一切都体现在人文关怀上，三职专明确提出，以"人文关怀温暖人"。

歌德在诗中说："人的榜样教我们相信神的存在。"每一个人都有一颗金子般闪闪发亮的内心。吕校长尝试努力激活蕴藏在学生和教师中的人性光辉和闪亮因素，并让其曼延扩大，形成一种氛围，一种气场，去滋润、陶冶学生和教师，让学生喜爱自己的学校，让老师们热爱自己的工作。

为了给在校的学生树立学习的榜样，吕校长充分利用学校丰富的校友资源，邀请优秀校友到校做报告，讲成长，讲发展，讲感悟，讲得失，讲期望。与此同时，学校对他们的事迹进行大力宣传，把优秀校友的美好不断彰扬、扩大，让在校生产生一种强烈的追求，追求做一个好人，做一个有价值的人，做一个高素质的人。

"十星评选"（孝敬父母之星、奉献之星、礼仪之星、微笑之星、友爱之星、技能之星、创新之星、进步之星、尊师之星、勤奋之星），十佳班长、十佳团支书、优秀班（团）干部、优秀学生会干部，日常行为优秀生、优秀特长生，"优雅天使"、"微笑天使"、"文明使者"等激励元素在给相关学生的优秀事迹表达肯定的同时，也为全体学生送去了"榜样引领"的光芒。

……

一个学期中，校园内外拾金不昧的事迹共有二百多次，点点滴滴，反映

了同学们的良好素养。

多年的辛勤耕耘不断收获学生进步与发展的喜悦，教育在润物无声中滋养着三职专一批批品质优秀、道德高尚、助人为乐的学子，让他们成为造福于社会的和谐的人，成为社会优秀的公民。

值得欣慰的是，三职专在被评为济南市 2012 年度"家长满意学校"的基础上，2013 年 12 月在济南市社情民意调查中，家长对学校工作的满意率达到了 90.95%，再次位居前列。

德国哲学家雅斯贝尔斯说过："教育本身意味着，一棵树摇动另一棵树，一朵云推动另一朵云，一个灵魂唤醒另一个灵魂。"我相信，这种人性化的教育理念，已经在三职专得到实现。

通过对济南市三职专的采访，我还了解到，自 2009 年开始，全国正在逐步实现对中等职业教育免费，并先从涉农专业和农村家庭困难学生做起。而济南市把职业教育作为教育发展重点而大力推行，使其实现突破性发展。同时，济南采取一系列措施提升职业教育对学生的吸引力。约 90%接受职业教育的学生都能够享受每年一千五百元的助学金。

2008 年，中国中等职业教育招生 810 万人，2009 年实现招生 860 万，超过普通高中招生人数。

在很多地区，一些留守孩子的求学是很困难的，男孩子上学接受教育也比女孩子容易一些。所以，职业教育应该是社会的大势所趋。那些读不起高中和大学的孩子，学一门手艺，有了一技之长也未尝不是一件好事。看看下面的故事，我们就会感叹这个世界并非歌舞升平，在我们社会的某些角落，还有这样一些人在这样生活着。以下是笔者回到辽西老家采访到的两个案例。接受采访的萍萍是我的一个远房亲戚家的孩子，她这样的情况在乡村有很多。父母在外面打工赚钱，日子虽然富裕了，但是孩子的教育却抓不上。好在萍萍后来意识到自己不读书是不对的，及时努力了。而我们采访到的晶晶和欢欢情况就不容乐观了。晶晶现在跟着爸爸在城市的家政公司打工，留下妹妹欢欢在乡下，他们的日子过得很拮据。求学对于她们姐妹而言，还是一件奢侈的事情。

萍萍家在一个叫葫芦头沟的大山沟里，光听这村名就知道有多偏远了。每天早晨开门，映入眼帘的就是前面那座大青山。房后是条河，山和河把整个村子围成了葫芦形状，不知道围了多少年了，反正萍萍一出生就知道自己是葫芦头沟的人。

萍萍的爸爸小柳初中没毕业，当年死活就是不爱读书。他总觉得外面的世界比葫芦头沟好，葫芦头沟就像个葫芦，在这里一辈子都是蒙在葫芦里过日子，糊里糊涂就把自己过到土里了。他出了校门就跟村里年龄一般大的哥儿们去了沈阳打工，年末挣了钱，小柳领着年轻貌美的媳妇来家见爸妈。

之后顺理成章，小柳娶了媳妇，也有了萍萍，承担起了家庭重任。几年后小柳成了包工头，每年正月十五一过完就领着一伙男男女女浩浩荡荡地进城盖高楼，成了城市的建设者。

萍萍上小学时，爸爸还能在每年的三大节日回家团聚，给萍萍买漂亮的裙子。随着生活消费水平的提高，农村人也不甘示弱，萍萍家是葫芦头沟里第一户盖了"北京平"（一种平房的样式）的人家。小柳想让孩子过上城里人的生活。院子里的井直接送水进缸，屋里安了自来水龙头，房顶安装了太阳能。房间很多，还有洗手间，跟城里的楼房一样。

萍萍上了初中，爸爸和妈妈一直在城市打工。这些年只顾赚钱，疏于对孩子的关注与教育。

萍萍虽然是初中生了，生活能自己料理，可是姑娘大了，心事就多。妈妈不在家，萍萍开始想妈妈。学习一点点分心，后来干脆学不进去了。班主任老师了解情况后怎么开导都没用。萍萍开始逃课，去镇上的网吧上网，用手里宽裕的零花钱买吃的给同学分享，还买些没用的东西。用她的话说，就是花了爸妈给的钱，心里就踏实。

初二下学期，萍萍说什么都不去上学了。她说奶奶种地太辛苦了，爷爷身体不好帮不上忙，她要在家帮奶奶侍弄地。奶奶拗不过萍萍，就任由萍萍不上学了。5月爸妈回来，发现萍萍染着黄头发，吓得一愣。知道萍萍不读书了，爸妈那个气呀，可是没用，萍萍就是死活不读书了。

5月过后，萍萍跟着爸妈进城了。萍萍是个懂事的孩子，她发现爸妈租住的楼房邻居家姑娘，每天上学很早放学很晚。时间长了才知道那女孩和自己同岁，将来肯定会考上大学。可是自己未来在哪里？萍萍几天来一直思考……她感受到了城市人看自己的眼神不对。

萍萍在电视上看见了学做蛋糕的广告，灵机一动。对呀，我学做糕点去，将来就能成为出色的面点师。

萍萍这孩子跟她爸爸一样，心灵手巧，很快就学会了做一手漂亮的蛋糕。她发现城里人的生日蛋糕很有讲究，不仅仅是以往的寿桃，现在大人小孩生日都有定制蛋糕的，图案花样繁多。为了往蛋糕上画更漂亮的作品，萍萍报名去一美术班学习画画，她现在知道学习的重要了。

萍萍爱看书，休息日就钻进书店，博览群书。如今三年了，萍萍是小城里小有名气的蛋糕师，靓丽的萍萍穿上职业装更显气质非凡，一开口谈吐优雅，一幅漂亮的蛋糕作品前，谁能看出她是农村的黄毛丫头，谁能知道她只有初中文化。

欢欢的妈妈在怀着欢欢时得了感冒。当时只听人说孕妇不能随便吃感冒药，就去了小诊所。大夫也这样说，她就挺着。跟欢欢爸一起打工，给楼房刮大白。欢欢妈没觉得感冒见好，却越来越严重。鼻子不通气儿，晚上睡觉睡不好。没办法去了大医院。做完各项检查，大夫告诉她是鼻炎。详细询问后，得知是感冒没及时治疗发展成鼻炎了。她还是没吃药，没听大夫建议治疗的医嘱，挺着。她想挺俩月就生了，生完再治疗吧。谁知生欢欢时做检查，医生就单独跟欢欢爸谈话了。鼻炎转变成了鼻癌，急需治疗。

　　欢欢由奶奶带家去抚养，欢欢妈开始了漫长的治疗过程。欢欢有个姐姐，叫晶晶。十一岁的晶晶很聪明，不知道她怎么知道了妈妈的病情。随后她就在家里帮奶奶照看妹妹，只读到五年级，学习成绩特别好。欢欢的奶奶看着俩孙女十分心疼，晚上听着孩子沉睡的呼吸声悄悄流泪。

　　欢欢妈没有那么幸运，花光了家里打算盖房子的积蓄，仍然没治好她的病。癌细胞扩散到了她身体的各个角落，疼痛难忍。欢欢爸为了省住院费，花很少的钱在医院外租了一处平房。为了省打车钱，欢欢爸每天都是背着欢欢妈到医院做治疗。那条路上，不知道留下了欢欢爸和欢欢妈多少汗水、泪水……

　　欢欢三岁那年的冬天，妈妈再也不能答应她的呼喊，永远地离开了晶晶和年幼的欢欢。第二年，晶晶跟爸爸一起进城打工，挣钱养家。欢欢只有跟奶奶在家。一个纸叠的小葫芦能让欢欢摆弄一整天，邻居家的一只小猫能让欢欢跟它玩一上午。欢欢很懂事，从来不哭不闹地陪着奶奶种地。

　　日子要是就这样过下去，慢慢也会好起来的。因为欢欢很快就会长大的。可是在欢欢五岁时，奶奶病了，病得很严重。等奶奶从医院回来，欢欢只听大人们议论奶奶得了乳腺癌。

　　妈妈给欢欢起的小名，就是希望她能欢欢乐乐地长大。到了上学的年龄，学校合并。欢欢家附近的小学最高只能读到三年级，九岁的欢欢上四年级了，学习很好。爷爷不忍心孙女没学上，可是路远，他骑自行车带欢欢上学有点儿吃力。于是就让欢欢爸买了电动车，六十多岁的爷爷学会了骑电动车。那年冬天下了小雪，欢欢爷爷的电动车和一辆轿车撞在一起，幸好欢欢没有大碍。爷爷的腿断了，住进了医院，欢欢的学上不成了。

　　爷爷出院后，欢欢和奶奶一起照顾爷爷，欢欢跟爷爷学编筐，编蒲团。农村现在没有人用那些东西了，筐被大大的铁丝篓取代，蒲团被马扎取代。爷爷编的这些东西是接近失传的手工艺品，被小商贩捣腾到城里能卖个好价钱。爷爷希望通过卖筐和蒲团攒钱让欢欢再上学，欢欢想攒钱给爷爷治腿，让爷爷不用拄拐走路。

月光下，欢欢和爷爷一边拧着蒲团，一边各自想着心事儿。皎洁的月光，洒满小院。照在欢欢的脸上，稚嫩的小脸上有一滴晶莹的光，分不清是汗水还是泪水。爷爷抹了把眼睛，说不拧了不拧了困了，睡觉吧。

老挂钟在屋里嗒嗒敲了十下……

第四章　回归教育的本质

1.　上学要花多少钱

我国的义务教育，从 1986 年开始实行。

那年 4 月 12 日，第六届全国人民代表大会第四次会议通过的《中华人民共和国义务教育法》规定，国家实行九年制义务教育，要求省、自治区、直辖市根据本地区经济、文化发展状况，确定推行义务教育的步骤。该法于同年 7 月 1 日起施行。这是我国首次把免费的义务教育用法律形式固定下来，也就是说适龄的儿童和少年必须接受九年的义务教育。

《义务教育法》的制定标志着我国基础教育发展到一个新阶段，它是中华人民共和国建国以来最重要的一项教育法，标志着中国已确立了义务教育制度。

至 2006 年 9 月 1 日起，开始实施新的《义务教育法》。

义务教育起源于 16 世纪的德国。当时，德国是欧洲宗教改革运动的发源地，宗教改革以后，新教教派在德国占据优势，并控制着德国的各级教育。从 16 世纪末起，德国的众多封建邦国先后将教育改由国家管理，首先是初等学校，然后才是中学和大学，于 19 世纪初基本实现了国家管理教育。各个封建邦国为了自身的利益，从 16 世纪起，特别是在十七八世纪竞相颁布强迫教育法令，并于 1872 年将六至十四岁的八年初等教育定为强迫义务教育阶段。在很长时期里，接受这种教育只是劳动者子弟的义务，德国等级性很强的双轨学制一直到 1920 以后才发生了较大的变化。

在我上学的时候，好像没听说过有"义务教育"的说法，因为年代久远，也不记得上学交多少学费，但学费肯定是有。我就读的曲阜师范学校，是初中中专，费用国家全包，还有每月大约二十元钱的生活费。考上中专，意味着成为国家干部，听人说，是最低一级的国家干部，二十四级。那是 1983 年的事。

因为自己不用交学费，又不大打问社会上的事情，所以对"义务教育"并没有真正的了解。即使我后来当上了小学老师，也不知道"义务教育"到底为何物，只认为这就是"义务教育"了，根本没有刨根问底。

其实，我误解的事情很多。那时候很相信名义上的宣传，反正宣传什么我都相信。比如，公共汽车、公共电话，我就很长时间认为，只要挂上"公共"，就都是不要钱的。"公共"的嘛！

待到我孩子上学，我也没弄明白什么是"义务教育"。只是有时嘀咕，既然是"义务教育"，为什么还要交学费呢？

到了后来，才搞清楚，这"义务"，可不是全免。交的是"书本费"，不是"学费"。书本、校服，这些都是要由学生家长掏钱的。而且，这个"义务"，有两个含义，一个是指国家，国家给你垫付学费。另一个是，家长有送孩子接受教育的义务。就是说，你有孩子，不让上学可不行。你让他每天在家给你割草放羊拾柴火，这是违法。

我理解得对不对？请读者指正。

先从幼儿园说起。2014 年，上海公办幼儿园每月最高收费八百元。济南市公布的数据是二百五十元到八百元不等。但显然，幼儿园实际的收费情况，千差万别。同为济南市，我去过的历下区第三幼儿园和燕山新居幼儿园的确收费低廉，但在公办幼儿园缺乏的区域，要找到收费七八百元的幼儿园绝非易事。比如，我居住的奥龙观邸小区。这里紧邻济南市政务中心，公办幼儿园最近也得有六七里路。所以，邻居们的选择，只能是价格不菲的一些私立幼儿园。我问过邻居，他的孩子上幼儿园的学费每月 1900 元，远高于公立幼儿园最高的收费标准。大家知道，幼儿园没有假期。这样，每年在幼儿园的花费，就高达 22800 元。他有两个孩子，如果同上幼儿园，这一年仅学费就 45600 元，非一般家庭所能承受。

公办的就便宜多了，每月大约 500 元，每年也不过 6000 元。

相比之下，政府在公办幼儿园上，还是应该加大投入。

但是，有意选择高收费，接受特殊教育、精英教育的家庭，另当别论。

前不久，电视台的热播节目《爸爸去哪儿》《爸爸回来了》，吸引了大量的观众，包括我。大家可能注意到了，那些在高档幼儿园或所谓的贵族幼儿园接受教育的孩子，表现出了高超的智力水平和生活能力。一个不过五岁的孩子，竟然达到和外国人流利对话的程度，不得不让人怀疑，我们对孩子的知识教育是不是开始得有点晚。幼儿园的孩子，真的就应该只是在玩吗？"不要让孩子输在起跑线"上的提法，到底有没有道理？

这样的高档幼儿园，花费可能就不是每月一万两万的事情了。社会差距就在这里摆着，望"园"兴叹，也只能是情非得已。但是，即便是相对"普惠"的公办幼儿园，我们也看到为上好的"公办"，有些家长缴纳数万元"赞助费"的报道。

学费之外，是各种补习班、特长班的费用。在幼儿园阶段，我的孩子上过"小蜜蜂"英语、珠心算等。上得不多，花费自然少。

在第一章的新闻背景介绍中，我们已经了解到，这些补习班、特长班的学习，也并不是没有必要的。为了孩子的成长，学前投入无可厚非，至于投入的多少，不同的家庭，千差万别，也不好一一统计。但可以肯定的是，这并不是一笔小数目。

再说到小学、初中这个义务教育阶段。

现在看来，在整个义务教育阶段，家庭的主要投入不是在学校，而是在校外培训辅导。拿我自己来说，从小学一年级开始，我仅给孩子报过剑桥英语、游泳班、书法班、吉他班，相比于别的家长，这是极少的。

效果如何？我只能回答，一般。

剑桥英语连一学期都没能坚持，白白交了两千元左右的学费。枯燥的学习，降低了孩子学习英语的兴趣。而那些真正坚持下来的孩子，英语成绩都相当地突出。

我有一个朋友，她孩子打小就学新东方的英语，初中毕业后，英语水平就十分了得。参加完新东方五六年的英语学习，两三万元钱恐怕下不来。另外还学了钢琴，参加了 2015 年的艺考，被同济大学录取。结局理想得不得了。

游泳班很管用，孩子学会了游泳，但也没完全坚持下来，会游了，新鲜劲一过，就不想去了，但钱也早花出去了。这一笔大约两三千元。

书法班是短期的，花费不多，仍旧没坚持下来。孩子的字也没大长进，倒是书法班的老师在我的帮助下，加入了当地的书法协会。

吉他的学习好像花了一两千元。在孩子学吉他之前，我对吉他不了解。一旦了解之后，我自己就不想让孩子学了。那么娇嫩的指头，要按住吉他的几根弦，手指头肚勒得很疼，我都受不了。当时想既然报了，就学下去吧。为了鼓励孩子，我自己也跟着在家练，倒也学会了弹奏几支曲子。学了一期，学费开始涨价，本来就觉得苦，也就放弃了。

我这个属于半途而废的例子，不足为训。可以想见，那些将各种的培训班、特长班、补习班等都坚持下来的家庭，到底投进去了多少真金白银。

2010 年 4 月，我把正在东营上初一的孩子弄到济南来，心里很不踏实。怕的是万一在济南影响到了孩子的学习，岂不后悔晚矣。即便我不看中辅导，但也只得打辅导的主意。给朋友讲过孩子英语成绩不太理想，朋友正巧在山师教学，就建议请一个研究生做家教。他给找了个女学生，每周六上午来家里，收费是每课时二十五元钱，一上午五十元。这样坚持了有一个学期。其实我这家教等于不花钱。但我由此知道了，有很多花钱的家教。

这是我第一次请家教，沾了朋友的光。

家教也没多少效果。我觉得这首先是因为孩子有抵触，不愿跟着学，尽管那位研究生有很高的英语水平，对他很好。

想到万一在济南考不上好的高中，我暗暗着急。孩子的语文老师，老家也是东营的。她就说，怎么着也得考上个山师附中。山师附中的水平，差不多就是东营一中的水平，这样才不至于太"吃亏"。话说回来，如果在东营，从实验中学毕业的学生，一般都能顺利考上东营一中。

利用假期时间，我考察了几家辅导班。有一家，好像学一期下来，要交近万元的学费。我表示怀疑。这是挣钱呢？还是教学呢？真的有这么好吗？我的钱也不是白捡来的。

最终确定下来，是一个三人小班的英语班，一学期交三千元。这是我花得最多的一次。钱交了，我也见到了英语班的老师，一个小伙子，留着长头发，据介绍是什么名校的老师。我直摇头，还名校的老师，兴留这么长的头发？油乎乎的，不知几天没洗头了。上了几次课，发现这老师还挺忙，似乎每天都在赶场子。不过，倒是只教两三名学生，我也没有决定退学。估计，其他的大班小班，跟这也差不多。

学完了，没什么进步。几乎在我的预料之中。

假期里，我还有一个担心。那就是学生在家，有太多的工夫，大人又没法总是陪着他，也很不妥。所以，在那几年，陆续报过山东大学在一家宾馆办的什么班。这些班都是普通班，收费在八百至两千元之间。

终于熬到中考结束，成绩出来，也就跟义务教育告别了。

接下来，就是高中。济南市教育局规定，高级寄宿制高中每学期收费标准2000元，市重点高中每学期1500元；普通高中住宿费收费标准为180元到360元不等；中职一般学校按不同专业每学期收费标准为1100元到2300元不等。

这个是没问题的。

问题还是在于，几乎没有任何一位同学满足于在学校的学习。参加辅导班，成了一种普遍的现象。

我家的情况是怎么样呢？起初，如果提出报辅导班，一般情况下都会遭到孩子的抵触。但是，随着孩子越来越理解成绩的重要性，他自己都会主动要求报名参加。

这三年来，我孩子参加的高中辅导班，总共有四五次，都是他自己主动提出来的。而且，为了怕花家里的钱，还拿出了自己的压岁钱。特别是在高三下学期的第三个月，他跟同学商量，要参加一个高考提分班。提分班才两天，学费三千元，报名的学生有八十人。他说，学费自己拿一半，家长赞助一半。

本来，他主动要求辅导，家里应该完全支持。但我仍旧按照他的要求，只给他出一半的钱。他花自己的钱，肯定心疼。我想这样学习的效果可能更好一些。

关于高考前的辅导，我一再地征求他的意见，询问他同学们的情况，是不是很多人都在辅导。他说，反正一到周五，就有同学不来上课了，他们就是去参加辅导的。问他愿不愿参加，他却只说，辅导很贵。我说，只要你愿意报班，贵不是问题。但他到底没说要参加，我知道，这是替家长心疼钱了。

好在成绩不算太差，不然，我也会跟着着急的。

据说，要上那种一对一的辅导班，全科下来，仅在高三时期，就得花一两万元钱。

我孩子在高中是住校，住校就得在学校吃饭。每周我给他两百元，在校期间每天四十，这样每月就是八百元。有一回，孩子说，在他们高中上学的都是有钱人。我明白，相比我的孩子，其他同学要奢侈得多。

至于大学的费用，我孩子还没高中毕业，我没有切身体验，拿不出第一手材料。

上海教育部门公布，在上海全日制普通高校一般专业每学年收费标准为五千元，特殊（热门）专业和艺术类专业每学年收费标准分别为六千五百元和一万元。在民办高校中，复旦大学上海视觉艺术学院每学年学费标准最高为两万二千元；上海外国语大学贤达经济人文学院学费标准，艺术类最高两万二千元，其他最高一万七千元。

比较而言，上海高校中收费最高的是上海纽约大学，每学年十万元。上海纽约大学通过中国大陆高考招生系统录取的中国籍本科生按此收费标准执行，外籍学生按照全球标准收费。上海兴伟学院每学年学费同样不菲，最高也是十万元。

据我所知，越是好的大学，收费也就越低。那年，我的堂侄考大学，分数不太理想，巴结着上了个二本学校。堂哥庆幸说，辛亏没落到三本去，三本学费都拿不起。他考察过好几个三本学校，学费都是相当地高。我也常拿这个来激励孩子学习。好好读书，考个好大学好处多着呢，又好找工作，又少花钱。

总的说来，各地教育部门取消了学校的绝大部分收费项目，而且在经济发达的县区，对义务教育阶段，甚至学前教育阶段的孩子，有非常可观的补助。

比如，济南市历下区，连买校服也不用学生拿钱，但是学校之外的花费，显然大大地超出了人们的想象。在采访中，二十七中校长给我讲了这么一件事。

当初，为了加强学生学习，每个学校都安排有晚自习课。每个学生一学期只需缴纳十元钱即可，钱是老师课余带课的一点补助。但这种做法遭到了家长的激烈反对，认为学校既然是政府兴办的，就不该收费。结果，自习课一律取消。

随后，社会接纳了这部分"资源"。学习班、补习班、特长班、辅导班，等等，不管什么名堂，都无外乎学校里老师教授的内容。这就造成了一种事实，家长少花了十元钱，却要用一千、两千、一万、两万的钱来弥补。社会教育机构应运而生。巨大的教育市场资源，到目前为止，不仅没有萎缩，还有继续增加的趋势。

伴随这种怪现象，家长的要求也越来越高，投入也在继续加大。要想学出本事，没那么容易！有钱你就花吧！

上学难，上学贵，其实不难，也不贵。说白了吧，难的、贵的是上辅导班。不可小觑的校外辅导费用，正是它们加重了每个学生家庭的负担。

王培香的家在辽宁省朝阳县梨树沟村，她家有两个孩子，都考上了大学。这在乡村是不多见的情况。

说起这些年供孩子读书的事情，王培香百感交集。据她介绍，两个孩子从小学到大学的花销不小。一般的家庭靠种地卖玉米的收成肯定吃不消。王大姐给我算了一笔账，初中孩子参加各种班，补课、辅导材料，一年培养下来需要五千元，高中每年得一万元，大学需要三万元。比如她儿子在大学期间，有英语考级证，他是建筑设计专业，考设计师级别证、施工证等。还有，现在大学一般都要考驾照，这些都是需要钱的。

笔者针对农村人口存在"上学难，上学贵"问题，对辽宁省某乡镇528户村民家庭进行了调查走访：被调查的 528 户村民，认为存在上学难的占67%，存在上学贵的占49%。低收入家庭认为存在上学难、上学贵的比例分别为 73%和 81%。"上学难、上学贵"问题的存在，影响了人民群众对当前教育工作的整体评价。

受访者认为"上学难、上学贵"的主要表现是：上小学 1~3 年级难的67%、上高中难的 58%、上高中贵的 63%、上大学难的 79%、上大学贵的88%。造成上学难的主要原因：偏远山区学生上学难。学校布局调整导致一些农村学生上学路途远，带来了新的"上学难"。偏远山区小学生每天步行六七公里上学的现象比较普遍，这些孩子都得每天由家长骑电动车接送。一些村子因为人口稀少，一些小学合并，这些孩子必须到很远的学校就读。住校的条件不成熟，所以有的学生靠家长接送也不现实，家长就拼凑雇佣非法营运的农用车接送孩子。这存在着严重的安全问题，时有此类事故的新闻报道。

供孩子上学费用贵已成为困扰中低收入家庭的头等难题。一是学校所收的正常费用较高。小学几百元，高中上千元，大学上万元。二是学校规定收费项目之外收费多。家长认为最头痛的是零星不断的各种交费。

高等教育费用高不可攀。供孩子读大学的费用对于收入低微的农民来说近乎天文数字。一位农民说，供孩子上四年大学用掉了家里的全部积蓄。他说："我这辈子挣的钱都给大学了。"为供孩子上大学，大额借债的农村家庭比比皆是。在乡村流传着这样的民谣："不上大学等着穷，上了大学很快穷。"一位送儿子参加高考的父亲说："孩子，你若考不上，就把自己坑了；你若考上，就把我坑了。"这成为当前农村一种流行的说法，一些家庭"因学致贫"已是既成事实。明知道孩子大学毕业后找不来好工作，甚至找不到工作，可还得硬着头皮让孩子上大学。

残疾少儿上学难。农村的残疾少儿没有地方也没有能力上学，大部分都成了文盲。比如朝阳县柳城镇腰而营子的老田，女儿是先天性小儿麻痹症。父母一直想叫孩子上学，可是这样的愿望一直也没有办法实现。学校也确实存在困难，孩子需要照顾，老师没有办法兼顾。还有的学校硬件设施差，也造成了孩子不愿意来上学的原因。

刘梅上学的理想就是做一名教师。可是那个时候学校考中专和中师都是定向招生的，一个学校只有一个名额。还有教师子女要加分，体育特长生也会加分，作为普通农家子弟的她来说，上学成了一个奢望。

毕业成家，有了孩子，日子也还过得可以。刘梅就自学考试，没几年的时间，她考取了教师资格证。但是没有学校接收她。那几年，刘梅自己也承受着压力。亲戚朋友都不理解她的理想，觉得她是不安分，瞎胡弄。刘梅的梦想没有破灭，她开始尝试着开办课后辅导班。

开始学生招不上来，刘梅也不气馁，耐心宣传自己的辅导班。从开始朋友介绍的两三个学生，到学生之间互相介绍，刘梅的课后辅导班迅速扩大规模。后来到她辅导班上课的孩子越来越多,她就辞掉了原来打工的工作。原先不理解她的丈夫看到前景,也转过头来帮助她经营辅导班。

没几年的时间,刘梅的辅导班已经有固定的学生近百名。收入是可观的,日子也变得殷实起来。现在像刘梅这样开办学生课后辅导班的不在少数,而且都经营得风生水起。

我在辽宁省文学院的一些同学,他们都有较深的写作基础及文学修养。在作家这行不能出名获利,转行开办作文辅导班,有的开设国学讲座,很多都混得不错,开上了豪车,有的还开办了分校。这些人的成功,说明现在的家长对孩子成才的渴望和迫切心情。

有些家长是没有时间,有些家长是没有能力,辅导不了孩子。就是开设辅导班的刘梅,她的女儿竟然也在别人开办的辅导班里学习。说起这个,刘梅就笑了,她说,老师是管不好自己孩子的。

济南市二十七中校长武树滨,于 2011 年 10 月,参加了济南市中青年干部行政管理培训班,赴美国马里兰大学研修学习三个月。在认真学习的同时,他着重考察了美国的基础教育,对中美基础教育进行了较为全面的比较,撰写了《世界优质教育都是相通的——中美基础教育比较》一文。

在此文中,武校长提出了自己"有效引导补课市场"的观点。他分析道,由于双休日学校不再进行集中补课,家长面对升学压力,纷纷在社会上报名参加文化补习。只要有需求,就会有市场,仅靠"堵"的办法,解决不了任何问题,关键是如何引导补课市场健康发展。一是建立严格的文化补习班准入制度,必须加大监管,只有师资、设施条件具备的机构才可以办学。二是建立文化课补习教师资格制度。现在许多文化补习班聘请的都是在职公办教师,虽然教育局三令五申禁止教师校外带课,但是,很难控制。通过建立文化补习课教师资格制,使文化补习学校建立起自己的专业教师队伍,持证上

岗，既便于管理，也能够有效控制公办教师补课问题，还能扩大就业。三是严厉打击非法补习学校，严厉查处。四是兼顾公平。目前的情况是，家庭条件好的学生，可以上辅导班；家庭条件差的，就只能望洋兴叹。为此应当鼓励学校创设条件为贫困学生在校进行补课。

不久前在济南市政协会议上，我也听到过一些议论。很多人建议，学校不应该一到放学时间，就把学生推出去。也就是说，学校除了教学，还应该提供一些教育服务、活动场所，把校外辅导拉回学校里来。我不能判断这种提议对不对，有待教育专家继续研究吧。

2. 家长在忙什么

2005年，我孩子还在上小学。应《中国教育报》之约，我写了篇《我和儿子的假期》，从一个侧面反映了家长在孩子教育中的甘苦，同时也回顾了我的求学年代。

我和儿子的假期

□ 王方晨

儿子放假，基本等于我"上班"。他去学校上学，我在家读书、写作、消遣，都随意。不上学，要玩，我就得陪着。要学习了，我也躲不开。

这些年来，只要是假期，我们父子俩几乎天天泡在一起。他玩得高兴，我跟他玩十分钟高兴，半小时却勉强，时间再长，不免以为苦。

自然，学习没有玩要来得爽，岂不知时时陪着学习的却更是相当难熬，一张苦脸又得遮掩着，——偶尔陪陪倒还罢了。另外，假期的一些特长班也是要报的。

　　我曾从事教育工作，对特长班有自己的看法，还不至于强加于孩子的意志，但也报过书法班、作文班、游泳班等，相比别的孩子，这种学习班参加得还是少的。学习只是目的之一，重要的是，我私下打自己的小算盘，孩子去了学习班，我自然又得了几个小时空闲。——反正是为了陪孩子，细数下来，光英语观摩课，我们爷俩儿就免费听过不下十次。就那么浑水摸鱼，常常让我感到对不起那些热情的老师。

　　我相信自己的孩子在假期里还算是十分快乐的。夏日带孩子去游泳馆游泳，小孩子一般都会"见水疯"，想把孩子从水里叫出来，并不那么容易。童心唤醒，与儿子打水仗，水中追逐，不亦乐乎。但关键是，这童心也是长了年纪的，精力不济，撑不了多大会儿就又要睡去。我自己又不是那种体力好的人，自幼学的狗刨在游泳池里也显得很是笨拙，也就只愿意静静地泡着。说是在一池碧水里度日如年很不恰切，但万一偷了工夫，确实是要躲在池边，百无聊赖地发呆。有时暗想，这小孩家脑子里的快乐究竟是什么样子的，怎么会如此的不厌其烦。

　　当我年幼，常期盼夏日到来。炎热的夏日，意味着可以吃到品种不多的瓜果，但最有吸引力的，还是可以去池塘里洗澡，所以长大后我一直对村子里的池塘有着很深的怀念，还写过一篇叫《祭奠清水》的小说。

　　那年回老家，我特意围着村子察看那些曾留下我少年时代欢乐笑声的池塘。无一例外的是，池塘里的水简直浑如泥汤。搜寻记忆，也确实发现这些大大小小的池塘一年四季从未清澈过，除非干涸掉。

　　在我们村东二里多地，有条菜河，那里的河水倒是很清，水里生着碧绿的水草，但我们不断听到河里淹死人的恐怖传闻，也不敢动去河里洗澡的念头。我在水中的那两下子，也就只能是在混浊的池塘里，抱着岸边裸露的树根学成的。那些浸泡过死猫死狗，混着屎水尿水的黄汤，都不知被呛了多少口去。

可在天气极为闷热的黄昏，那几乎是全村人的欢乐场。睡不着的男女老少，都会下到池塘里取凉，甚至猪也会跑去池塘边凑热闹。池塘底都是腌臜的烂泥，时常有人被泥中的玻璃茬或铁丝扎破腿脚。

有一次，我"因祸得福"。我被扎破了脚，不能下水，只能坐在岸边看小伙伴们在水中嬉戏，不料小学老师从不远处路过，大喊一声，小伙伴们纷纷上岸逃离。开学后，老师好好把我表扬了一通。这事让我得意了好些年，成了我少儿生活中的一抹光辉，到现在还不能忘掉。

每逢放暑假之前，老师都要宣布暑假注意事项。不要下水游泳是其一，但越是禁止，就越觉得其中蕴含的快乐巨大。

渴盼夏日到来，也就是自然的了。但夏日并不意味着无限的乐趣，还有令人回想起来就感慨万端的无边辛劳。那时候学校的假期，不单有暑假和寒假，还有麦假和秋假。显然，这分别跟农事有关。

暑假里，学生回到家要干一些力所能及的农活。即使力所不能及的活，有时也要干。其实，还没放假的时候，草箕就没离过尚很柔弱的肩头。上学之前，我会顺便把草箕藏在一个角落。放学后，背起草箕就奔向田野。或多或少，总会在吃饭前割回一些草来。运气好的时候，能割回满满一箕，以致弱小的身躯背都背不动，走起来也是一步一捱。但能听到大人的赞扬，就是最大的奖赏。自己也暗暗有信心，相信自己这么能干，将来一定会过上好日子，同样能干的女人也会愿意嫁给我，将来我自己的家庭也会越过越好啦。别以为人小，就没这样的心思，要不怎么说人小鬼大呢？

假期里，割草，放羊，干农活，闲着时候很少。大人在地里干活不能及时回来，还没水缸高的孩子就要动手做饭。我还听说过哪个村的孩子去水缸舀水，掉水缸里淹死了。

麦假也不用多说，抢收就像打仗，整个大地上风风火火，就像狼烟四起。割麦子还割不动，就捡麦穗。一个小孩一个竹篦子，满地里来回快走，直把麦茬搂得像是一杆杆朝天的钢针。这样的钢针穿过鞋底扎破脚板，满地淌血，也是常事。

麦子割下来，晒干的过程中，会散发出一种毒素，让稚嫩的皮肤起疙瘩，又痛又痒。

秋假自然是为秋收而设，放假在家的学生也都紧跟着大人忙活。到寒假，该悠闲了吧？才不呢。寒假你得早起拾粪，谁起得早谁拾得多，谁是好孩子。寒风里，走动着一个个矮小的身影，就是为了拾到那冻得坚硬的香饽饽般的狗粪，冷不冷倒在其次了。天亮了，小伙伴们又会扛起"铁抓口"，结伴去收获过的地瓜地里，用心翻刨遗落的地瓜根。对于一个贫困的家庭来说，一根柴火棒都是好东西。

至于假期"作业"，我真是不记得有过，但假期里的快乐确实不是因没有作业而起。在去野外割草的路上，谁能意外捡得一个没啃干净的桃核，谁就会兴奋异常，不顾别人的馋相，津津有味地舔舐起来。

每个孩子的肚子里，其实都缺少一枚甜美的桃子；每个孩子的肚子里，也都缺少粮食。

一到田野里，我们几乎是逮什么吃什么。在田野里吃了，就省了家里的。生玉米、生地瓜、生萝卜、生茄子，都吃。生豆子不能吃，就燎着吃，但得防备着挨揍的危险，因为架火燎出了青烟，很容易被人发现。肚子里有了食物，就是最大的快乐。

前几天，儿子忽然向我提出一个古怪的问题："你挨过耳光吗？"我一愣，坦率回答："挨过。"

作者童年生活过的小院,所居房屋已倾圮为平地 （摄影:王方晨）

　　我向来希望儿子具有足够的遇到人生不利的承受能力，于是，儿子听爸爸以异常欢快的语调，讲起了那过去的事情。

　　一年的秋假，我带着弟弟和两个小伙伴背着草箕去田野上搜寻残留的粮食，走到我们生产队的一块刚刚采收过的玉米地，进去了大半个玉米地也没多少收获，但没想到后来不慎误入了别的村子的地里。尽管一颗颗玉米直挺挺像牛角，也没能引起我们的疑心，因为那块与我们队相连的地，顶多也就四五垄玉米。

　　采满了一箕，我们庆幸着自己的好运，心满意足地坐在地头休息，忽见一伙大人飞速跑出对面的村子。我弟胆小，一见有人就赶紧逃了。我和那俩小伙伴，因为心底无私，静静地迎接了那伙大人的到来，结果被粗暴地连人带箕给扭送到他们的村口。那俩小伙伴吓得浑身哆嗦，我胆子还大些，向这些大人辩解我们是误会，话一出口，啪啪几个耳光就打了来。

　　"你怎样呢？"儿子急切地问我。

　　我显得更欢快了。遂以自己的方式回答了他。

　　随着暑假的结束，儿子也要升入初中。这年假期开始报的第一期英语学习班已学完，但吉它学习班还有若干课时。

　　我们父子俩又在一起泡了整个假期。儿子的表现基本让我满意，但我断定他不会太满意我对他玩电脑游戏的时间限制。这些天他频繁地去同学家玩，同学也不断来我家里。我猜想，他同学会不会也遇上了类似我给儿子的规定？两个人一块玩，时间岂不等于拉长一倍。

　　这不，电话铃又响了。我扭头叫一声在看电视的儿子：

　　"来电话啦！"

　　这年夏天，儿子的电话特别多，眼看儿子在长大。

　　那天在济南市阳光 100 小学采访，史俊校长给我讲了这样一件事。学校安排有游泳课，游泳地点在阳光 100 小区的游泳馆。从学校到游泳馆只需穿过一条马路，路程并不远。有些家长开始心疼孩子了，向学校提出，要替孩子把衣物送到游泳馆，甚或直接把孩子送过去。史校长得知后，坚决予以回绝。连这几步路，都不想让孩子走；连孩子拿几件衣物，都怕累着，你究竟要把孩子培养成什么样的人？

　　事实上，无限疼爱孩子的家长并不鲜见。史校长说，有一回她在北京学习时还遇过这样一个孩子，入学后连一点自理能力都没有。通过了解才发现，这孩子出身豪门，生活条件极为优越。通常说"衣来伸手，饭来张口"，对他而言，甚至连伸手、张口都用不着，从出生后身边就挤满了伺候他的人。

　　"这孩子简直就是废了！"史校长感慨道。

　　如果家长不改变对孩子的教育观点，继续溺爱下去，此话绝不是危言耸听。

　　孩子生下来，父母就担负了养育的责任。可以说，从孩子一出生，父母就开始"忙"了。这是父母的责任。有人说，孩子上学，全家都忙。忙，从来没错，不忙才是问题。关键是，在忙什么。

　　我教过小学，教学让我的语言都带上了儿童色彩。我没觉得不正常。因为我是一个负责任的老师。为了便于学生接受我的教学语言，必须有意识地往儿童靠近。

　　你孩子上了幼儿园，你要陪孩子做手工，给孩子讲故事，拍照片……你有义务配合幼儿园教育，参加亲子活动。孩子在幼儿园和学校的生活，甚至会把你也拉回儿童时代。这不是苦。家长与孩子一起做作业，应该感到乐在其中，是种"甜蜜的负担"。

　　当然，对一些工作繁忙的父母来说，陪伴孩子学习，就是难以企及的事情了。如果我是你孩子的班主任，我不会对你说，我理解你的做法，理解你的辛劳。我只会奉劝你及时调整你的生活态度，趁早再重新做一下自己的人生规划。对你来说，到底什么最重要？

也许，事情没有这么简单。可是，人生在世，什么又是简单的呢？

每逢看到学校门口接送孩子的人流，看到为孩子报名入学排起的长长的队伍，我都会想到自己的一个朋友。

朋友是丁克一族，应该也是位成功人士了。一次，听她谈自己为什么选择不生孩子，她说，我连自己都照顾不好，怎么能够相信我能照顾好孩子？

虽然我不完全赞同她这句话，但我尊重她的选择。生孩子容易，养孩子难。只生不养，或者养不好，是父母的错。

那么，你为孩子的教育，所做的所有付出，都是应该的。你为孩子忙，为孩子的学习、成长殚精竭虑，毫无可抱怨之处。有些家长把为孩子的忙碌，当成一种负担，那只能证明，你还没有做好生育孩子的准备，甚至是自己生活和成长的准备。

所以，问题是，你得知道，如何忙？"勤快妈妈懒孩子"的教训，已经不少了。

2015 年 7 月 10 日，《北京晨报》报道，一看到孩子就"休战"，为了孩子的学业不受影响，很多婚姻出现问题的父母对离婚避而不谈，万事都要等到高考结束后。统计表明，每年高考过后的 6 到 9 月份，婚姻登记处登记离婚的案例都会突增，形成一个离婚"小高潮"。

据《武汉晨报》报道，经过数据统计，记者发现，从 2009 年以来，辽宁、湖南、青海、天津、重庆、山东、浙江和河南等地，每年高考结束后的二十天比之前的二十天，法院受理的离婚案件数都有较大的增长趋势。

据《三湘都市报》报道，高考进行的那一周，长沙五城区共有 247 对夫妻离婚，而高考后的一周，五城区共有 493 对夫妻离婚，增加了近一倍。离婚的原因大多是"感情不和，可以不用为了孩子继续勉强撑下去了"。

据《生活报》报道，比起年轻夫妻的冲动，这些为了责任而维系婚姻的中年夫妻大多显得很平静，态度坚决。

......

好心的专家做出奉告，孩子们刚经历了高考、填报志愿，马上又面临上大学的适应等问题，这些都对他们的心理承受能力有很高的要求。如果有可能，父母可以把离婚这件事缓一缓，等孩子的生活更稳定一些再离婚。

可怜天下父母们，你们究竟在为孩子忙什么？

3. 老师在忙什么

大约在 1996 年，我在山东省东营市委宣传部的安排下，去河口区采访过一位名叫李清玲的乡村女教师。这是我在离开教育行业八年后第一次与一位工作在教学第一线的老师面对面接触。李清玲老师的事迹，深深触动了我。我所采写的一篇新闻报道《一首好教师的诗》，发表在当地的《东营日报》，编辑写下了这样的按语：

> "'三尺讲坛就是李清玲的诗坛，她的诗不是用笔来作的，而是用爱心和责任'，这是今天本报发表的这篇长篇通讯中的一句话，也是人民教师李清玲的真实写照。请大家细细地读读这篇文章，凝重地思考一下人生，也许能从中体味到点什么！"

当时市委宣传部对学习李清玲的活动进行部署，在全市范围内广泛深入地开展向李清玲同志学习的活动，促进了东营市社会主义精神文明建设向纵深发展。我作为一个曾经的小学老师，对李清玲老师充满了敬意，至今想起来，感动如初。

李清玲老师第一次在课堂上面对那些淳朴可爱的农家子弟时，便意识到三尺讲台就是她一个人的诗坛。她没有当成诗人，但她却写了那么多的诗。从河口区四扣乡到义和镇，她全力扶持救助的那么多贫困学生，还有她教过的每一个孩子都是她成功的诗篇，而且比那一首首写在稿纸上的诗作更生动也更美丽。一个看上去很平常的女人，由此获得了一种很不平常的幸福感。

就像母亲知道自己千辛万苦养育成才的孩子最终将离开自己一样，李清玲放飞了在自己长年呵护下羽翅丰满的那么多小燕子，任他们越飞越高，越飞越远。

我也曾采访过一位叫路英杰的乡村教师，事迹同样感人。

像李清玲、路英杰这样的乡村教师，在中国大地上有千千万万。央视大型系列节目《最美乡村教师》，每一位的故事都让人感动和敬佩。是他们支撑起农村义务教育。

想当年，我在山东省金乡县实验小学任教，切身感受，一个字，忙！每天备课、上课、批改作业，不得一点儿空闲。因为我是班主任，比别的老师更忙。印象中，我每天都像路英杰老师一样，早早起床，简单的早餐后，迎接学生到校，事无巨细，基本上从早到晚泡在教室里。学生放学后，难得校园里有了清静，可是，学生留下的作业又要批改。我们那一班，得有七八十个学生，作业堆在办公桌上得有半尺高……备课，备课，批改作业，批改作业，成了老师每天的全部生活。因为面对的是小学生，说话要经常使用孩子语言，结果自己都有了错觉，好像这辈子永远也长不大了。

当老师历来就忙，这个毋庸置疑。多少老师兢兢业业，累倒在讲台上！非常让人不平的是，老师的辛勤付出，跟老师的社会地位不成正比。记得当年社会上还流传着一个段子，说是两个老师下饭馆，要了一盘饺子，吃到最后还剩一个，两个老师就用筷子夹开，一人一半。这种侮辱，令人气愤。可怕的是，这却不是个别的现象，而是一种普遍存在。人人在传播这种侮辱性的话语时，丝毫不感到愧疚。

现实告诉我，我必须离开学校，离开小学教师这个行业。结果，我如愿以偿。但是，我的目光时常转向那里，我盼望一切都能得到改善。

就连我自己也不清楚为什么，我创作了大量的小说作品，涉及学校的却少之又少。以金乡县实验小学为背景的小说，只有短篇《小学校里的半个政治家》《大市民李四》。在这两篇小说中，我写到了世俗社会对学校的肆意欺辱。学校邻居市民李四把校园当成了遛狗场，公然在校园里给朋友的母狗配种。我也在小说中寄予了我的期望，老师地位开始提高，两个城市女青年为争夺一位小学老师，大打出手。

事实上，社会经过了一二十年的发展，尊师重教在一定程度上得到了落实，老师的地位与二十年前的确不可同日而语。二十年前，很少听说老师依靠课外辅导增加收入，而如今，常常耳闻某某学校的老师课外辅导挣大钱。虽然这是不允许的，但却是一种客观存在的现象。有一年，我去外地某中学参加活动，席间有一校长开玩笑说，济南一些学校的老师在课堂上故意不讲重要内容，却要学生去参加他的课外辅导。我当时就反驳道，这是谣言！的确，我的孩子也在求学，这种事情反正我的孩子没有碰到过。

谣言也许不是空穴来风，而这也正说明一个问题，学校的老师不光忙着教学，也已经有了经济头脑。受社会大环境的影响，没人能免。但我相信，绝大多数老师还是十分敬业的。

我有一个某大学的朋友，他的小师妹毕业后任教于山师附中。朋友曾对我感叹，给他再多的钱他也忍受不了中学老师的生活，简直累得要命。据说他的师妹有好几次讲着课就晕倒在教室里。

我在小学任教时曾幻想过，如果让我当一名中学老师就好了。中学的那些教学内容，我肯定能够胜任。中学必定比小学更接近一些成人的生活，而且教中学也不会像小学那样忙。学生到了学校，什么事都得管，毕竟都还是小孩子嘛，当小学老师真正是当了"孩子王"。

但是，从李清玲身上，从路英杰身上，从朋友的师妹身上，我看到了中学老师的教务也是非常繁重的。他们每天都在忙，或者说，他们也像小学老师一样忙。

我孩子在山师附中的班主任是赵景宾老师。孩子刚入学，我就从网络上看到了学生对赵老师的评价，知道他师德高尚，人品很好，讲课风格鲜明，

风趣幽默，得过省级优质课一等奖，备受学生爱戴。

果然，出现在家长面前的赵老师，的确时时笑容可掬，好像这辈子只有一种表情，那就是：微笑。参加第一次家长会，赵老师就向家长公布了他的联系方式：班级微博、手机号、飞信……当时，他的孩子刚刚出生，可以想见家中会有多少事。但是，这不妨碍班级信息通过飞信等屡屡传达到家长的手机上。

出于对赵景宾老师的信任，我一直没有打电话或发短信询问过孩子在学校的学习情况。而每次家长会，赵老师也鼓励家长加强跟老师的联系，言下对疏于联络的家长有批评之意。

鉴于此，在孩子高三的第一学期，我决定拨通赵老师的电话。可是，通话将近半小时，是什么结果呢？孩子从学校回来了，生气地责怪我给老师打了电话，并告诉我，赵老师对他说："我很同情你。"因为我只顾表达自己的想法，根本没想到听听老师的意思。在赵老师想来，我也仍然是这样对待孩子的。呵呵，这真是一个爱逗的老师，就这样把我给"出卖"了，果然是对学生倡导"张扬个性"。

与赵老师相比，我这个做父亲的，对孩子反而没那么细心。很多事情，只要孩子不说，我也没去主动了解。这还是出于对学校的信任，我心里想，学校这么严格，老师这么负责，我再多管干嘛？我知道，在孩子的班级，赵老师还自费装了摄像头，就是为了紧密观察学生在课堂上的表现。在家长会上，赵老师说通过网络，家长也可以亲眼看到孩子在课堂上的学习情况。事实上，虽然有赵老师提供的了解方式，我都没有输入网址和密码，自己去看一看。

我没看，但有人看。

赵老师在看。可以说，除了学生离开教室，赵老师时刻在看。学生住校，每天 6 点起床，晚上 10 点回宿舍休息，将近十六个小时，赵老师的目光都在学生们身上。

赵老师忙不忙，忙。忙什么，当然是忙他的工作。

高考完毕，赵景宾又送走了一届学生。但是，赵老师的飞信、班级邮箱，不断传来有关高考的提示……这个被学生们谑称为"老豆"的班主任，陪伴学生走完高考的全过程，也必将影响到学生的一生。

另一位学生则这样评价："为同学着想，将所有的感情都用于教学，好老师！……感谢把我们从高一带到高二的赵景宾老师。您认真不失活泼，懂得启发学习兴趣；您诙谐不失严肃，恳切教我们做人。无论如何，您是我们高中路上独一无二的好老师，好朋友。我们会懂得您的苦心，我们会吸取您的教导，我们不会辜负您的期望，会在最后的一年里，勤奋刻苦，脚踏实地，努力激发自己的潜能，提高自己的成绩和修养，立志做一个让自己骄傲，让您骄傲，让学校骄傲的附中人。"

在学生们的眼里，赵老师是班里最能逗乐的一个，也是每天都过得最快乐的一个，他的脸上无时无刻都挂着笑容……

前几天，我和孩子聊起这个最爱开班会的老师，孩子由衷地说，每次上赵老师的课，学生们都是精神抖擞的；每次开班会，都会被赵老师鼓动得热血沸腾。

"路英杰老师所做的一切都是实实在在的，她的以身作则，她的敬业精神，她的生活态度，对学生也对很多人的影响都像是一场场的好雨。路老师其实是生活在一种境界里，那是一种润物细无声的境界。"这是我当初赞美路英杰老师的话，现在用在赵景宾老师身上，同样合适；用在更多的老师身上，同样合适。

他们日复一日地忙碌着，实实在在地做着这一切，备课，教学，批改作业，言传身教，还有，开班会。

在辽宁省盘锦市，我采访到一位初中语文老师。她跟我谈起这样一件事：我班的纪姗姗同学，父母离婚，与父亲一起生活。父亲酗酒成性不好好工作，家里也没有多少农田，所以家庭生活极其困难。但这孩子非常懂事，八岁时就独自照顾瘫痪在床双眼失明的奶奶，自己做饭洗衣服。三年来我一直无微不至地关心和照顾她，给她经济上的帮助和精神上的支持。她原来性格很内向，总是低着头不敢大声说话。为了锻炼她，初一的时候我就让她做了我的语文课代表，有意识地增加和她的接触，并锻炼她说话办事的能力，还常常找她谈话，和她聊聊家里的事。我还常对同学们说："纪姗姗就是我的大闺女。"

孩子们都心领神会，她也腼腆地笑了，她第一次在同学们面前有了值得自豪的资本。渐渐地，她变得爱说爱笑了，开朗了很多。现在当你来到我们班，你会听到最清脆的笑声，那就是纪姗姗！

临近中考了，虽然她不能像其他同学那样吃着父母给准备的各种营养品，不能在父母面前尽情地撒娇耍赖，虽然她每天回家要给爸爸和自己做饭，洗衣服，下地劳动，没有其他同学那么充分的学习时间，但她依然坚定乐观地为中考做准备。

后来，姗姗没有能够继续深造读书，这是一个遗憾，可是，她在上学期间是快乐阳光的。作为一个老师，我们能够做的，或许也只能是这些。

4. 我们在忙什么

大型文学杂志《江南》2015 年第四期发表我了的中篇小说《元宝的耳语》，我为之写了篇创作谈《当代青年的出路》：

> 前些时，我做中国当代教育现状调查，去济南市教育局采访，教育局局长说，请你纠正一种错误认识，在九年制义务教育阶段，上学并不难。事实证明，局长没有说错，上学的确不难，难的是上一个好学校。即便考大学，与二十年前相比，也要容易得多，但要

考好的大学，仍旧是不容易的。

总的来说，社会的发展给人们提供了更多的机会。我搞创作近三十年，最初手写稿子，每次投稿都怕弄丢，还得再辛苦抄一遍，而且很多时候常常是写完了，也不知道寄给谁。随着电脑普及，打印代替手抄，再也不怕稿子寄丢。我曾创过一次在邮局投寄二十多篇小说稿的纪录。若说那时候，认识一个杂志编辑，还是作家的幸事，而在眼下，借助于便捷的网络，要联系大刊小刊，大编辑小编辑，已是易于反掌。你看，就连写作，也变得比往常简单了。今日你还默默无名，旦夕之间就有可能名闻天下。

机会的增多，极大地刺激着人们的欲望。在欲望的驱使下，人们自然会产生多种选择。人们选择方式的不同，测试出了人性的深度和广度。在《元宝的耳语》里，我写了这样的一个青年——福勇，他具有忠贞的品质，但是，不是所有优良的品质都能得到应有的回报。人生路途刚刚起步的青年，也不可能就此停止人生的各种试探和冒险。

文学不应该对一个人的行为做出简单的判断，积极奋发就是正确，而违背了爱情就是错误。事实上，善良与邪恶，升华与堕落，拯救与背叛，无时无刻不在相互交织。屈身于阴暗的地下室，面对咫尺之外的巨大性诱惑，而尽弃自己肉体的纯洁，出于情理之中。为防备自己觊觎他人财产，瞬间决定逃至另一前途莫明的生存空间，也在情理之中。大笔的财富和新的生活图景在眼前隐现，奋不顾身飞奔而去，也在情理之中……我觉得自己没有一丝一毫对此种种有所谴责的意思。

根基深厚的青年，自然有其源于根基深厚的生活。在浩渺凡尘，福勇生如飘蓬，他必须有力量机智地攫住任何一种稍纵即逝的机会来拯救自己的生活。只要他有足够的力量，这样的机会总会到来。

选择，选择，眼里欲火炎炎的青年，需要不停地选择。惟有放弃了人生的抗拒，才称其为个人悲伤。

我的祈望，不过是这脚步飞快的青年，这胸中燃着烈火的青年，能够偶尔地静听一下，这世界是否还有什么声音，微小的，却是珍贵如甘霖的声音，能于自己的心灵真正有所慰藉。而福勇，他确是义无反顾地向前走过去了。众多的青年，也已走过去了。

这里有涉及本书的两个信息，一，尽管经过全社会的努力，国内的教育状况相比以往有了非常大的改进，也就是说，教育得到了相当程度的发展，但仍然存在着一系列的具体问题，要想从根本上予以解决，还要下很大的功夫；二，就是本书较为忽略的大学教育问题，限于篇幅，这可能要留待以后继续加以深入探讨。

总之，让我们欣慰的是，我们并没有放弃努力，我们在不停地探索，不停地实施，不停地完善着我们的教育理念。由此回想当年，我作为一名小学老师，连工作之余在办公室阅读文学期刊，还必须遮遮掩掩，时常被警告不能"不务正业"，与现在各个学校倡导老师不断更新知识、提高文化修养相比，真是有了很大的进步。

我不由得想起了这样一所学校。2011 年 3 月，我曾受邀参加山东省邹城二中举办的"春天送你一首诗"读书节系列活动，那是诗歌走进了校园里来。诗歌在学校里，不用再做贼似的"藏藏掖掖"了，而是优雅地走到了课桌上，盛大地走向了高耸的朗诵台。

邹城二中是一所普通高中。在邹城二中校园，处处可见名人箴言、诗句。墙面、报栏、廊柱，只要有可利用处，那会闪现智慧的光辉。有座教学楼，起名"明德楼"，上镌着"君子坦荡荡""宽则得众，敏则有功"等字样。

非常引人注目的是，二中的校园里，还摆放着一些大石头，它们像牛，像展开的书本，像读书的少女，像辛劳的耕者。在这些石头上，也都镌刻着许多文人雅士来访时留下的墨宝，"不畏浮云遮望眼，只缘身在最高层""独立苍茫自咏诗""衣带渐宽终不悔"……每句话都发人深思。

石者，实也，又有坚定的喻义。一块块石头，形成了一种强大的气场，使每个身处其间的人，都会受到心灵的感染。

二中的生源原本在邹城市只有全市前三百五十名以后的学生，缺乏一流生源，且二流生源也十分有限。在此不利条件下，邹城二中从 2011 年起，高考本科录取率、重点率、高分率连年上升，一跃而成为济宁市优质名校，被誉为济宁市普通高中教育的一面旗帜。

现在的邹城二中，一跃而成为济宁市当地"名校"，来观摩高效课堂、学习艺体特长教学经验的市内外高中络绎不绝，邹城二中的知名度越来越高。

邹城二中之所以能从根本上改变门槛较低的"身份"，有赖于他们有着明确的办学目标。我曾把仲崇波先生说成教育家，并非妄言。来看看他们的建校思路，就清楚了。他们说把邹城二中建成"老百姓家门口的优质高中"，这是他们追求的方向。排比句如下：邹城二中，是精品二中，特色二中，和谐二中，也是幸福二中。

一位好校长就是一所好学校。邹城二中成了名校，一点也不奇怪。那年与我同往邹城二中参加"春天送你一首诗"活动的一个朋友，是山东师范大学的教授，回去后感慨良多，对我说，真是敬佩仲校长，相比之下，大学教育凌虚高蹈的时候太多了。所以嘛，我认为，仲崇波校长既是教育家，又是实干家。他要做的事太多，所以，他总是很忙。

前几日，我有机会再次来到邹城二中。当地中考录取刚刚结束，邹城二中的报考情况简直"盛况空前"！

是什么吸引了那么多的家长学生？回答是，是继续攀升的升学率，但更是邹城二中的校园文化。

济南市二十七中校长武树滨先生，在考察了美国教育之后，对济南市基础教育改革给出了几点建议，我认为也同样适用于国内各省市，特引用几条如下：

一，从软实力上提升薄弱学校的教育质量，实现基础教育均衡发展。提升薄弱学校教育质量，要"软硬兼施"，以"软件"为重点。制定《济南市学校教育质量标准》，对学生学业质量普遍较低、学习风气较差、管理混乱、家长不满意的学校，实施全方位的改进计划，如给予资金支持用于改变校舍面貌，增加或更换教学设施；给予一定的优厚条件，选聘优秀校长任职，选调优秀教师交流；或是通过名校兼并，实现生源质量的变化等，设定改进期限，实现薄弱学校质量的提高。也可以建立学校合作体，在一定区域内，用几所好学校带动几所差学校，形成几个比较平衡的合作体，便于鼓励良性竞争。增加名校的辐射和带动意识，实现整体优化、均衡发展。

二，继续加大课程改革力度，抓好教师继续教育培训。从教师具备学历情况看，教师的知识面比较狭窄。现今社会最受欢迎的是"工"字型人才。"T"字一横代表了有坚实的专业基础知识，一竖代表了在这个专业上有一定的深度，有一定的造诣，"在很小很小的问题上知道得很多很多"，就是专家型学者；"工"字就是在这个的基础上多了一个对周边专业学科的了解，"既在很小很小的问题上知道得很多很多，又在很多很多问题上知其要领"，这就成了杂家型人才，再进一步，就成了我们中国现在非常需要的大师级人才。

三，不断将现代教育技术引进课堂。随着科学技术的不断发展，教育技术也正在呈现日新月异的变化。现代教育技术不断进入课堂，会极大地提高课堂教学效益。目前的互联网、课堂统计器等已开始在美国中小学普及，我们可以在中小学教学设施更新时，及时增加新的教育技术设备，进一步改进教学。

四，强化教与学方式的转变，鼓励学校多元化、多样性发展。教育局应进一步放权，鼓励学校、教师在教学方法、管理模式、评价方式、德育形式等方面积极尝试，形成校校有特色，名校创品牌的良好局面。

五，强化学校教育质量，恢复统一考试形式。教学成绩不是体现教学质量的唯一依据，但是，它确实是最重要的一个方面。在大力推行素质教育的同时，在严禁加班加点、增加学生过重负担的前提下，依然要向课堂要效益、要质量。只有实行一定区域的统一考试，才会准确把握各个学校的实际教学情况，才能积极推进各学校的教学改革。只要卡住在校时间和作业量，教师就只能从自身挖掘潜力，加强备课，提高授课水平，落实"教好教会，学好学会"的目标。没有统一考试，已经出现了部分学校一味降低出题难度、放松出题质量的现象，这对教学百害而无一益。

六，着手建立全市统一的学生惩戒办法。赏识与惩戒是教育的两种重要手段，二者相辅相成，缺一不可。目前，因为教师与家长、学生产生的矛盾激化事件越来越多，如何让教师依法执教，按章办事，已成为需要抓紧解决的事情。应当向美国一样，在区域内邀请法律专家共同制定统一的《学生违纪惩戒办法》，形成地方法规，统一实施，让教师、家长、学生共同遵守，这对学校良好校风的形成起着至关重要的作用。

七，建立区域内的学校法律顾问制度。随着社会发展，依法执教、依法治校的观念已深入人心。学校如何建立完善的管理体制，能够有效地建好安全网络，同时能够运用法律保护自身的合法权益，仅靠现在的法律副校长制度已不能适应需要。必须建立法律顾问制度，在一定区域内（高中以校为单位，初中小学以学区为单位）聘请律师，作为法律顾问，协助学校解决涉法事件，为学校的日常管理提供法律依据，提出合理建议。

另外一条还值得一提，就是前面提到的有效引导补课市场的建议。

通过对中美基础教育的比较，武树滨先生认为中美基础教育之间存在很大的互补性，甚至可以说中美基础教育刚好是优劣相对的。美国基础教育的长处，正好是我们的问题和不足所在，而美国基础教育的问题，则正对应着我们的优势。也就是说中美教育应从两个极端，相向而改，但只走一半的路。我国教育改革发展和教育现代化进程的推进，要求我们必须认真学习和借鉴世界上一切发展教育的先进经验，取人之长，补己之短，使我们的教育在现有基础上得到更好发展。学习和借鉴一定要结合自己的实际，不能盲目地照搬照抄。中国遇到的实际情况与美国大不相同，盲目照搬照抄无疑是邯郸学步。要办适合中国国情的教育，要注重学习美国课堂教育的教学理念，尊重学生，重视学生合作、交往能力，培养创新精神，重视学生的爱好和个性培养，重视动手能力和实践经验。

我们已经看到，教育的内涵随着时代的发展，得到了极大的丰富。教育，早已不是仅仅限于教学，教育也早已不仅仅是在课本和作业本之上。我们要做的，不是在减少，而是在增多，不断地增多，甚至是无限地增多。

5. 回归教育本质——乡村孩子的求学路

一个乡村孩子的求学之路到底有多难？我是深有感触的。不过，为了更加客观地呈现，我还是选择了别人的故事。我的朋友雪华是一个普通的乡村女孩，她的读书之路可谓是漫漫征程。她现在在辽宁省西部一座小城的印刷厂工作，主要工作任务是排版。不过，她这个排版工作不简单，她是个多管闲事的人，客户的书稿杂志在她这里排版，她会认真地给人家纠错校对。

雪华是个美丽的女人，真实简单，重情有义。因为我们有着相同的人生经历，所以很快就成为知己。这个冬天，小城多雪。我们一起回忆往事，我说字数有限，可能会截取你的讲述内容。雪华调皮一笑，说："讲起我的求学路，三天三夜都讲不完。"

是的，雪华的讲述叫我几次落泪。一个乡村女孩子，用自己的倔强和坚韧，抒写了一曲温暖的励志之歌。在这条路上，雪华无疑是幸运的，她遇到了无数个好心人。雪华也是一个懂得感恩的人，她把过去的记忆全部在心底珍藏。她说因为信任我，所以才会无保留地讲给我听。我们或许会从她的讲述里面，得到些人生的启迪吧！

我的小学在西大柏山下。

我叫倪雪华，1979 年出生于辽西一个偏僻的小山村，站在我们村任何一处都能看见西面远远的那座大青山，就是被村里人代代相传的叫作西大柏的山。我们村仿佛是个盆，我们家就在盆的底儿上，无论怎么走好像都走不出村子一样。

我的父母是地地道道的农民，我有一个比我小一岁的弟弟。本来我出生时赶上了国家实行计划生育政策，可是不知道为什么爸爸妈妈在没跟我商量的情况下就给我生了个弟弟。我并不介意有弟弟妹妹，只是一直希望他能比我小七岁。农村的政策是第一个是女孩的家庭，在女孩七岁时，允许再生一个孩子。我的父母都是他们各自家庭里最小的孩子，爷爷奶奶生了七个儿女，姥姥姥爷生了五个儿女。所以我曾把我家里的贫困归结为父母在家都是最小的，过日子不懂计划，不知道精打细算。

我的妈妈在生我之前当了五年民办教师，爸爸在结婚前是退伍军人。我的出生导致妈妈丢了工作，妈说我小时候是吃奶粉长大的，本地产的奶粉不吃，偏吃沈阳产的高级奶粉，那奶粉比本地奶粉贵很多。我吃光了妈妈攒下的好几百块钱，从而家里日子开始紧张，这也是我很愧疚的事。

记事起，我的父母就是春种秋收地忙于农活。六岁以前，我没觉得生活苦，那时和三娘家住对面屋，爷爷奶奶跟三娘一家生活。六岁那年春天，爸爸妈妈开始张罗盖房子，把我们家从盆底儿，搬到小西山坡的盆帮儿。从此我们家管住过的房子叫老院子，其实也不远，就是隔条马路，再过条河。

我七岁的那年春天，一个漂亮的大姐姐来我家里，跟妈妈说让你家丫头上学吧。妈说刚盖完房子，没钱，让她等等吧。大姐姐走了，我仿佛不再是小孩子了，开始对老院子前面那个大院感兴趣了，因为那个大院是小学。站在我新家的院子就能把整个小学的校园尽收眼底。

小学校园很大，有很多棵大杨树，房檐下挂块铁，老师拿铁疙瘩一敲，就发出"叮叮当当"的声音，满院子的学生就跑各个屋了，之后就听见校园里传来读书声、唱歌声。过好一会儿，老师再拿那铁疙瘩一敲，又发出"叮叮当当"的声音，学生就像一窝蜂似的从各个门孔跑得满操场都是，她们跑的跑，跳的跳，追着，闹着，我在自家院子里眼巴巴看着，那个羡慕啊，也不敢跟妈说我也想去学校的想法。

每天我都很听话地喂鸡，放鹅，喂狗，喂猪，夏天还拔除院子里的杂草，擦雨淋脏的玻璃，好好表现就是盼着妈哪天说送我去马路对面去上学。

这一等就是两年，我九岁了，春天学校开学都一周了，是四哥来我家玩跟妈说，老婶儿，该让你家妮儿上学了。妈问哪天开学，四哥说我们开学都一星期了，你星期一送她去吧。我也不知道那几天咋过得那么漫长，星期一终于到了，妈那天早晨着急去赶集，顺手把我领到马路对面，在学校门口商店买了俩本和一支铅笔，借开商店大姐的小刀给我削了铅笔，就送我去大姐说的那个育红班。老师是前两年来过我家的大姐姐，妈告诉我叫老师，不能叫姐。老师问我叫啥名，妈顺小名前面加个倪字就那么让我进了教室，她赶集去了。

我懂得了作为一名学生要守规矩，之后的几年里我都很守规矩，尽管我不是最勤奋学习的孩子，但是我记忆力超好，学过的知识当堂课就能记住，所以我的学习成绩还不错。

在一到三年级，我们班换了九个老师。每次换老师，我都特别希望老师能一直教到我小学毕业，可是，我的希望还没热乎几天，又换老师了。尽管老师教的时间都不长，甚至有的只教了我们几天，至今我依然记得每位教过我的老师的名字。直到四年级，我们班才有了一位像样的老师，来自正规的师范院校，是我的堂哥，我叫他二哥。二哥人长得帅气，有才，给我们讲理想是什么，讲西大柏山外面的世界，给我们看他自己订阅的书刊，增加我们的阅读量。我爱上了阅读，爱上了书里的故事，特别是班级订阅的《新少年》，让我知道了还有很多和我一样渴望上学却很艰难的同学。她们那么坚强，那么勤奋，那么勇敢，我知道了知识能改变命运，我渴望像书里说的故事主人公一样阳光、快乐地读书，长大……

透支来的学费

小学毕业的暑假快结束时，听二哥说我考初中的成绩是全乡前十名。我好高兴，高兴得那个晚上听蛙叫都像在唱一曲关于我的歌"华，好；华，好"，听蛐蛐叫像好朋友跟我唠嗑那么暖心。妈知道了我的成绩不错，心里高兴，但是她一直没有给我准备上初中用的大书包。还有两天就开学了，我看见比我考分少很多的小姐妹都买书包，买新自行车了，还有的买了新衣服，我问妈，咋不给我买。妈说你爸说了，不让你念了，供你弟，他是男孩，将来要养家的。那一晚上，我迷迷糊糊，听见青蛙唱"完了，完了"，我的泪水悄悄打湿了枕巾，蛐蛐说"不去，不去"，我的心快碎了。

第二天中午趁着太阳好，我把爸放牛时捡的带窟窿的大兜子洗干净，收拾了我的本子。开学那天，一大早我就去大爷家等，等他上班顺路带我去学校看看，哪怕是老师说不要我，我再回家也行。揣着暑假去二表姐那借来的五十元钱，我走进了窗户大榜上写着我名字的教室，那个榜上我的名字排在四号，老师按学号点名，点到我时，我那个高兴，站起来清脆地答："到！"老师看了我一眼，可能觉得我很礼貌吧，别的同学都不站起来，只举手，他微笑着说请坐时，我觉得好温暖，他的眼神让我感觉到老师很喜欢我这个学生。老师说今年自费生很多，交钱的先领书，同学们都快领完书了，我怕书没有了，走过去小声地说："老师，我钱不够，能领书吗？"老师问了句你叫啥名，我重复了我的名字，他看看手里的小本上我的排名，说："没带够也给你书。"

我领到了书。可是大爷是教师，他们刚上班要开会的，我只好自己走路回家。家到学校那么远的路，我从来没走过，背着一兜子书，就那么沿着来时的路往家走，走了两个小时居然没觉得累。

我天天早晨到大爷家门口报道，等他带我上学，可是有时候大爷去得晚些，他是历史老师，课不在头两节，他不着急，可是我等不得呀，就碰见哪个同学路过就让哪个同学带。那时候村里人都很封建，我从来不敢让男同学带。就跟妈说让爸把家里的大"二八"自行车留家让我上学骑，后来爸在城里工地打工托人帮我买了辆二手自行车，我才算有了属于自己的车子。二手的就是旧的，经常坏，不是今天链子掉就是明天闸不好使，或者哪天前车轱辘没气，要么后车胎没气。修车总得花钱，为了省钱，我就学着修车师傅的样子，按他的程序把车带卸下来，给红色的里胎打饱气，摁水盆里，看哪里冒泡就用锉磨两下做记号，试一圈儿后，把气放了，擦干水开始用锉磨漏气的地方，看看磨的程度差不多了，磨补丁，磨好补丁涂上粘车带专用的胶水，吹气，加快胶水干的速度，在胶水半干的状态下把补丁粘到漏气的里胎上，用手使劲儿捏，让它们两片粘得紧紧的，过十分钟看看粘的地方干了，再打饱了气，摁水盆里看看冒泡不，不冒泡就是粘好了。放气，学师傅的程序安装好，我的车子外胎和"二八"车子不一样，没有锯齿，而且那齐齐的边还很硬，后来知道那叫钢丝带，光听这名，就知道得有多难上回钢圈里了。我是个十五岁的小女孩，却愣是把钢丝带安上了，打饱气，骑上溜一圈试试，没问题，成功了！我好高兴，我能粘车带了，以后车子坏了不怕了。

生活里不光是学习，也不光是粘车带，还要学费、书本费、材料费的，这些是我不能解决的问题。每学期我的学费都要在下个学期开学才能交上，现在看来跟划透支卡一样，这个月消费下个月还，可是我那学费透支的期限是半年。我的老师，我的恩师，每次都默默地给我垫付，他从来不催我要学费。可是我是课代表，每次送作业时都会跟老师说明一下，怕他忘了似的，后来他们组里的老师都知道我欠他学费。每次我说时，别的老师都说："你这学生可真好，欠老师钱总怕老师忘了。没关系，你好好学习就行了，啥时候有钱啥时候给吧。"

希望工程给了我希望

初中二年级的一天，我去同学家玩，她家电视正在播纪实片，我看到了希望工程主任讲话，出现了她名字和地址，那地址那么熟悉，原来是《新少年》的地址。我不费任何事儿就记住了地址和那位主任的名字，不知道为什么，我写求助信没写主任收，只写了希望工程办公室和详细收信地址。过了好几个月，我收到了一封来自大连的信，是一个叫吴兵的姐姐写来的，她说她要每个月给我二十元钱资助我上学。那时候我十六岁，姐姐十九岁，每个月 4 号我能准时收到姐姐的汇款单和信，我们开始了书信往来。那个时候，二十元钱，我基本上都不花，攒着交学费，或者订材料。就是那每月的二十元钱，让我看到了希望，心里的压力一下就减少了很多。姐姐给我寄过一张她的照片，每当我心情不好时，每当学习困了时，我都会看看姐姐的微笑。从那以后，我再也不怕春天种地时家里没有钱买驴和驴车爸跟妈吵架，再也不怕爸说别念了，因为我可以说我有人给钱上学！

从初一到初二，我的学习成绩一直处于下滑状态。我哪里不会都知道，哪里学的不好也知道，可是我很叛逆，很敏感。爸说不让我考高中，我偏要考，就那么傻傻地跟爸较劲儿，经常听他说谁谁考得比我好，可是我偏科严重，我知道是我用功的方式出现了偏差，只要我学了就一定能会的。但是，作为学生，最能让你理直气壮的是你的学习成绩，没有人在乎你的心里是怎么想的，没有人关心你为什么有的科学得好，有的科很差，爸那时就希望我能不念书，给家里省钱。

初升高考试，我竟然没考上高中，差了二十二分。那是我最消沉的一个夏天，每天我从家走到小河边，再从小河边走回家，来来回回，不知道自己在寻找什么，也不知道这条短短的小路上会有什么希望。一天我翻这些年来的书和写过的日记，感觉很荒唐，那日记像流水账，没有任何意义。就在灶前点着了，一本本烧掉，但是那些用过的课本我一本也没舍得烧。

又到了秋季开学，我发现比我考分少了近二十分的同学去复读了，我不甘心，骑上自行车就去了中学。下一届的老师看见我都热情地问我："你也想复读吗？找主任去说说！"我真的找主任说了，我的校领导没有一个不欢迎我复读的，当即告诉我学费全免！

成为复读生，我的心不再像小鹿那么欢快，我知道这机会来之不易，学校免学费了，我必须好好学习。那一年，我努力拼命学我以前不偏爱的代数、几何、化学、英语。新生玩时，我看书；新生做作业时，我做完了作业，做书上的题，代数几何各准备一个大本，把书上看得见的题都做一遍，包括例题。我发现我把自己当新生那样，学习代数几何都能听得懂，做得对题，我知道自己的智商没问题，暗自窃喜，更是多了份自信和动力。

在捡来的一张小报上看到了一则作文竞赛消息，我写了文章寄去，得了二等奖，给了五十元奖金，我一下子成了学校里的"名人"，老师和同学更是喜欢我。我特别高兴，学习的劲头更足。可是我那一腔热血却怎么也唤不起爸的热情，相反，我发现爸更冷漠了。

离家出走

1997年1月4日，星期六，是我永远难忘的日子。1996年12月26日的大雪奇厚，居然十来天还没有一点消融。踩着厚厚的雪，我推自行车来到公路上准备出发，却发现后车胎一点气都没有。我急急地推回家，爸还坐在炕上吃饭，见我回来他没问，妈问了句咋了，我说车子没气了。就等着爸给粘，谁知爸就那么不急不慢地吃饭。我还不敢说，妈看我急得团团转，才让爸快给我粘车子！爸冷冷地说："她不是会粘吗，让她自己弄吧！"我的泪在眼里打转，悄悄地从书箱里拿走我的五十块钱，溜出了家门，没有告诉他们我要去哪儿。

其实，我也不知道我要去哪儿，但是我肯定要走，一分钟都不想在家呆。学校肯定不能去了，因为学校量化管理，迟到给班级扣分。我索性去公路边等车，我要去城里，我要找记者给我联系能助我上学的人。我不敢在家附近的站点等车，怕别人看见我没上学坐车走了。我沿着公路，深一脚浅一脚地往北走，走出了村子，回头看后边来了辆大客车，我招手，车停了，我就上车，一路看着西大柏山，绵延到我看不见它。一直到了市里，我从来没在大客车的终点站下车，到了终点站司机就清理人，我不得不下车。看看车开来的方向，我记得在车上记路标时，有一个单位门口有俩大牌子"朝阳日报社""朝阳经济广播电台"。灵机一动，对呀，去那里找记者！从东侧楼梯上到顶楼也没发现哪间办公室有人，最后一位大爷告诉我："今儿周六，记者都休息。"我灰心地从另一侧楼梯下楼，下到三楼发现有灯光，我像只流浪的小猫，就顺着灯光走去。站在灯光的门口，我发现里面有一个高大的身影，他在翻磁带盒子，没发现我。我想进去，又退回来，再走过去，又退回来，这时他发觉外面有人，就走出来。看见我，亲切地问："小姑娘，你找谁呀？"他连问了两次，我都没有说，他耐心地问第三遍，我哭了，说："我找你！"他很惊讶，温和地问："你认识我？还是总听我们节目？你有什么事儿？别哭，进来坐着说！"我进去坐在沙发上，一言不发，就是哭，哭得很伤心！叔叔继续说："孩子，你别哭呀，你得说话，不然我都不知道咋办了。我是达明，我是主持人，我能帮到你，一定会帮你，你说吧！"平静了心情后，我说出了我内心的话："我想读书，我想找个人资助我！"他了解了我的情况后，在他的小记事本上前后各记了一次我的名字和地址，他把兜里的钱都掏出来，感觉少，就找刚来上班的同事借，之后他都塞到我手里，让我拿去先用着，让我去上学。我又哭了，说什么都不肯要，他说中午了，我请你吃饭吧。我说不去，我要回学校上课，他说就是对面的地方，吃一碗面。我很饿，但是我有顾虑，我家不常吃面食，面条吃起来费事，我怕他笑话我，我硬是没去。

　　三天后，校主任让同学传我去办公室，我以为学校要学费了，忐忑地去了。主任递给我一张纸条，他说："团县委打来的电话，让你给这纸条上记的人写信，接到信后他资助你上学。"老师们都为我高兴，我更高兴，从来没有那么高兴过！因为地址是沈阳的，标注说明是电视台记者。

我写信过去，那个人就是我的恩人叶叔叔，他汇款二百元。接到汇款单时，我的感觉是："咋给我这么多钱呀！"叶叔叔不好写信，也不像大连的姐姐那样月月汇钱，只有我需要钱了，告诉他他就给汇款。我平时吃住在家，那二百元钱用了很长时间。直到快中考，我知道了费用，发现我急需钱，算时间他接到我信就汇款，在我临考试前一天钱能汇到，我在信上说了这个时间流程。信寄出去了，我的希望就交给了他和邮局。可是6月18日早晨，老师说明天放假，后天到县高中集合。我一下就蒙了，明天钱若能到，我咋来取呀？明天钱若不到，我用啥？就在那个下午，闷头学习的我又接到同学传话，让我去校长室。我急急地来到校长室，刚到门口，看一屋人，吓得我一愣。校长和班主任都在，他们热情地向来的客人介绍说："这就是你们要找的学生。"只见来的两位叔叔都佩戴胸牌，我看见是记者证，一位叔叔说："我受你叶叔叔委托给你送钱来的，他说你后天就考试，汇钱怕来不及。"之后他要纸笔写下了他的名字和单位地址电话。他就是我的又一位恩人——徐叔叔。

第一次打工

这个中考结束了，我把东西送回家就马上坐车返回城里，我要打工，我要挣钱，我要供自己上学！

进了城里，我没有去老舅家，他们都不愿意让我再读书，姥姥家的亲戚没有人支持我读书，我不想去他们家，也不想听他们说我读书是负担云云。从小我就是家里的"外交家"，农村正月走亲戚的习俗，我们家这儿都是我代劳，所以我从小就锻炼走过的路得记道，见啥人说啥话，嘴甜——见人不叫称呼不说话，会排辈，知道该怎么称呼谁。正月在大姑家时，听说大哥家搬市内了，我知道嫂子的名字，知道她单位名称，就打听，找到了嫂子，她带我回家。哥哥嫂子知道我爱读书，愿意上学，特别喜欢我。嫂子把自己妹妹骑的自行车要过来给我用，我在她们家附近找了个小吃部打工。我没有社会经验，但是我长了个小心眼儿："我要找个有女老板的地方打工，沟通方便，还放心！"于是遇上了董姐，我人生里的第一个老板！董姐的妹妹，我叫她二姐，二姐比我大一岁。董姐待我如亲妹妹，我只是帮她忙，择菜洗菜，包饺子，有客人上菜，没人了收拾卫生。我同她一起骑车回家住，天热她带我洗澡，那是我第一次走进浴池，很羞涩，董姐特别理解我，鼓励我。在那一个月的打工生活中，好多生活细节都是她教我的。董姐让我的生活节奏跟上了城市，我跟她一起吃一起用一起住，她们的衣服也给我穿，打扮得我俨然一个城里姑娘。

第一次在外面过年

1997 年的寒假，我又是回家看看就进城打工。这个寒假时间特别短，必须马上找到工作，不然一个寒假挣不了多少钱。我来到了徐叔叔单位，跟他同事一起吃的盒饭。吃完饭，徐叔叔说让我到走廊溜达一会儿，他们同事开个小会，过会儿一位阿姨出来叫我进去，徐叔叔拿着一百元钱给我，说是他们大家共同的心意！我的泪止不住地流，我说："我不要，我找到工作就能挣钱了！而且现在放假，我不花钱的！"谁知他们细心到让我心酥，他说："那你也要收下，你现在还没找到工作，而且即使找到了，也不是马上给你开工资，得等到你假期结束打工结束才发给你工资的，这期间你得生活，需要生活费的。"生活费这个词还是第一次听说，我以为有吃有住就什么都不需要了。阿姨说收下吧，你是个女孩子，生活必须品是需要用钱的。我含着泪收下了。当时打工一个月就是二百元，他们给我的是半个月的工资啊！那种关心细致直抵我心底！我很争气，徐叔叔介绍他们两个科室的八名同事谁是姓啥就是啥叔啥姨，我居然用上学的特殊记忆法都记住了。后来在大街上遇见马叔，我直接喊马叔，他一愣，这孩子能记住我们都姓什么！

他们也研究了我的去处，最后一致决定送我去他们同事妻子开的酒店打工。老板就是孙姨，徐叔见了孙姨就说："孙姐，这孩子是沈阳咱们系统记者资助的学生，你当她是我姑娘照顾，有活指使她干。"

当年的酒店普遍都有陪酒员的，徐叔对我说了一句当时我不懂的话："前台这些沙发不许你来坐！即使没有人的时候也不可以！你只在后厨帮忙，让干啥活就干啥活！"看着徐叔那犀利的目光，我听话地点头答应。

孙姨能留我不只是看徐叔情面，更重要的是她店里服务员过年放假回家，正好缺人手，我得答应过年不回家她才肯留我。这样我就留在酒店过年了。除夕夜，我们在酒店过的，尽管孙姨一家人对我都很好，可是夜里听着窗外的鞭炮齐鸣，我还是深深地深深地眷恋我的家，那个家家张灯结彩，大家一齐放鞭炮的热闹气氛。但是我没有哭，大过年的，我不能哭，我要高兴地过个别样的年。在我的人生里第一次在外面过的春节，将来回忆起来是有意义的，所以我选择了不哭泣！

第一次接触中介

1998 年，用小品里一句话说："九八九八不得了，洪水被赶跑……"虽然本山大叔还说："百姓安居乐业，齐夸党的领导；尤其人民军队，更是天下难找。"可是我工作真难找呀，眼看着暑假开始四五天了，我不能再等了，再等就不足一个月的工时，到时工资少。我走进了中介，没经验不懂中介费是多少，也没问，更别提讲价了，当时心里就是想着快点找到工作。中介的力量的确大，进去就给我联系上了工作地方。那大姐带着我，让她的朋友带着我的包，里面有换洗衣服和很多书。当自行车穿过涵洞时，我有些害怕，害怕她们把我骗到偏远地区不伦不类的酒店，逼迫我去做陪酒小姐。但是没法找到工作，而且她们也没说要带我去那种地方，就仗着胆子，心里想着对策：如果到了发现老板长得不像好人，我扯上自己包就跑，她们拽我我就又哭又喊，反正我也有劲，她们不一定拽得过我！

还算好，我的命运总被生活垂青，我遇到了很好的老板和老板娘，她们对我特别尊重，特别好。我干活很实在，干净利落，和她们家里人相处得也好。假期结束，我该结工资了，中介打来电话让老板娘李姐直接扣 50 元中介费。我当时就不愿意了，我一个假期才挣 200 元，她要走 50 元，我的四分之一假期就白受累了，我不是不给，而是只想给 20 元。那大姐在电话里不说好听的，她摔了电话。我不甘心，不能为难李姐，李姐说那你再打给她好好说说吧。我再打，是中介大哥接的，我哭着跟他讲道理，我哭的原因是我委屈，那大姐说话难听，大哥是个爽快人，我说我不是不给中介费，给二十吧。他说别给了，把电话给你李姐吧。他们讲完电话，李姐高兴地说，不扣了，都给你吧，别哭了，吃饭去，吃完饭你就回家上学吧。我抹抹眼泪，说不吃了，我想家了，打了神牛直接去了客运站买票回家。

第一次见火车

1998 年的寒假来临前，我决定这个寒假要去沈阳打工，去见又一位资助我的恩人李叔。这之前，叶叔家里婶婶下岗，弟弟学习需要补课，他再无力资助我。我的恩师写了篇报道在报纸上刊登后，这位李叔写信给我，承诺资助我三年高中的生活费，每月 100 元，不够再给。我把自己的生活费算到了最低标准，每月 63 元，一顿吃超下顿少吃。为了让资助我的人负担轻些，我执意跟李叔说我每月 63 元就够，这样他的汇款就灵活掌握了，可以不必每月都一百。他家里小姐姐在读高三。我们通信，约好了我去他的宾馆打工，工资他们照样给。

我来到市内，遇见了第一次打工认识的朋友白姐。她带我回家住，吃了饭她让我睡觉，她不睡觉，看电视看时间，到点叫我起来送我去火车站，帮我买好票，送我进了检票口，她才回家。我第一次见到火车，上车了不会对号找座，没座就一直往里走，走了好几节车厢，发现有一大片空座，我就坐下了，很舒服的沙发座。我不敢睡觉，当年流行拍花，我不知道拍花的人长啥样，但是看谁都像拍花的，警惕着身边走动的任何人，别人问我话我也不答。直到天亮，有俩穿白大褂推车的人进来，要检查我餐券，我说没有，一个人很硬气地说："没有你上餐车来？补票去！"她走了，后面跟的那个阿姨很善良，她悄悄告诉我："你是学生吧？一会儿你悄悄走，去那边硬座去吧，就不用补票了！"我溜回了硬座区，已经有空座了，我随便坐下，半睡半醒中火车到沈阳站了。下了车我按通信地址找，看楼上的楼号，找规律，找到了李叔的宾馆。

这里打工很辛苦，工作量大，虽然吃住都比以往打工好，可是晚上当我想看书学习时，就累得睡着了。这个年我得在沈阳过，除夕夜李叔和很多同事陪我过，我没有太多感想，但是那首《常回家看看》唱得我心乱如麻。我借口去洗手间，便一路小跑着上楼，一直上到四楼，听不见那歌声，我在楼梯口站着，过了好久，一同事姐姐来找我，我第一句话就是："那歌唱完了吗？"

那个大年初一，我一个人过的，晚上，没人陪，我自己跑到了宾馆旁边的过街天桥上。天桥上挂满了红灯笼，站在桥这头望向那头，一溜的红，很美，风很大，很冷，可是我哄自己开心，这天桥今晚是我一个人的！我在上面来回地走。太冷了，我就来回地跑，跑得桥跟着我的脚步颤动，红灯笼也跟着摇晃。一个人玩累了，我才回宾馆休息。

我永远忘不了那个初一的夜晚，省城的过街天桥上曾经来回跑过一个傻傻的丫头和傻丫头耳边呼呼吹的风！

我得了"失忆症"

我的第二个初三，中考代数几何一张卷子一百五十分是满分，我考了一百三十分。前三年我的代数几何两张卷分加一起都没有语文一科成绩的一半多，通过复读我证明了自己智商不低。高一下学期分文理班，上一届是谁想学啥就学啥，我们这届要考试。我当时不愿意挤那桥，就想反正我智商不低，学文学理都行。可是高二下学期，我发现我越来越不喜欢学化学和物理，我必须转文科班，不然我感觉我的人生会一团糟。尽管我每天学习到半夜，可我还是想学文科，就是不喜欢理科，但是学校不允许，说我们这届分文理班是考试考的，我这样转了对其他考试进去的同学不公平。我跟校领导说："对谁不公平都无所谓，他们谁都不少啥，可是对我是一辈子的大事！"领导无言，但是还是不允许。

长期的营养不良和每天学习到半夜，我的身体极度透支，经常感冒。更重要的是我为转班的事闹心，接连就是记忆力下降，最后达到老师刚说完一句话，我只写了俩字，后面的就忘了。我泪流满面，心酸，着急，一切都交织在一起，夜里睡不着觉，一个大宿舍住了四十八人，每晚都是听着她们的呼吸声，我悄悄流泪。没有人帮我，没有人指点我该怎么做，早晨起来枕巾上全是掉的头发。为了尽快恢复记忆力，我买了脑复康，每次感觉记忆力不好就在嘴里含一片，我觉得那苦像要把舌头割下来一样刺痛着味蕾和神经。我就那么流着泪，含着药，记着笔记……

我开始想办法，给校长写长信，用横格信纸密密麻麻地写了二十三页。一周后校领导找我，说经过领导班子研究决定，同意我转班的事了，让我去文科班找班主任老师安排。

还是落榜了

好不容易挨到了高三，我的成绩不理想，我想休学，一来调整身体，二来调节状态重读高二，以没钱为理由，我找校领导说要休学半个月打工去。他开始极力反对，他姑娘就是我们这届同学，他的话很有道理，可是我是个主意很正的人，我认准的事儿不达目的不甘心。他同意了，可能是认为我找不着工作，放出去溜达一圈儿我自然会回来的。我来到市内就找到了一家比较有名气的大酒店，直接见的经理，她的名字是我打工时听别人说起她的故事时记住的，我觉得她一定会收我，结果真的收留我打工。我去哥哥家吃饭，坐早车来时天还黑着，哥和嫂子给我做了可口的饭菜，吃过饭嫂子问我干啥来了。我把原因说了，嫂子说没钱可以解决，书必须读，都到这时候了，坚持下来。没考呢，你咋知道自己不行，就你那智商谁不行我也不信你不行。哥和嫂子给了我二百元钱，我又乖乖地回学校上学了。

高考后，填志愿，我什么也不懂，简直就是凭心所愿胡乱填一气，没有分数概念只有地域概念。我要去大连，无论哪档志愿我都写大连的院校。结果一个也没考上。这回我甘心了，踏实地去打工。假期快结束了，我给在外打工的弟弟打电话，告诉他我可以供他上学了，他却说他不念了，好话说尽他就是不念了。脑袋里没有了奋斗的方向，手里只剩钱了，突然感觉活得好没意思，我又跑回了高中找老师，再次进入了复读班。尽管开学已经两个月，但是老师都愿意接纳我。全学校的老师都知道我是个靠自己打工和别人资助来上学的学生，对我分外关切，尽管我学习成绩没有了往日的风光，尽管来高中时成绩超过了录取线一百零八分，可到最后却是个落榜生，但是老师没有以分判人。

你没钱不用惦记上学

你没钱不用惦记上学！这句话刺痛了我的神经。以至于我上学后远远看到说这句话的老师时就特意绕腾到他跟前，礼貌大度地跟他打招呼。

这次高考我依然是落榜，可是我的分数能进当地的专科学校，嫂子帮我问了教育局的人还有补救办法吗？能进哪所学校？教育局的领导写了封推荐信，让我带信去学校报到。

报到很顺利，可就是不能上学，不交学费是不给分班的。我又陷入了深深的泥潭，我在打工，每天都利用下午休息的时候来学校找校长，可是一次也没找到，我连他人都不认识，即使擦肩而过都不知道哪个是校长。一天午休，同伴在椅子上睡着了，我想起这几年来经历的一幕幕，泪水悄然滑落，后来控制不住哭出声来。同伴问我怎么了，我也不说话，因为她不懂我。但是她人很好，她找了领班姐姐，赶巧经理王姐也在前台，她们一起过来看我，王姐那关切的眼神，让我再也控制不住自己，抱着她开始放声大哭。等我平静下来，讲述了一切，王姐也"被我"哭得稀里哗啦，她说你想办啥事都随时可以去，这里给你带薪休假。

我不知怎么有了个奇想，我要去省教育厅上访，我要进入我考上的学校上学。可笑到了我真的去执行我的想法，坐了一宿火车，下车买张地图找省教育厅的位置和乘车路线。顺便买张报纸，一下翻到了我要去的学校即将开校庆的报道，上面有校长微笑的大照片，这回我可算认识他人了。结果省城之行计划落空，流了好多泪，也留下了故事，我带着报纸返回。

第二天没上班，我要一天都守在学校堵校长。爱看书的好处就是，看完了当时兴奋，过后可能忘了细节，但是用在生活中就真的是智慧，是无形的智慧。我也不知道当时咋想的，居然跑去系里，探听老师们的想法，总去，和他们唠熟了他们给我支招，我知道了校长的车牌号。终于在下午，我发现了校长的车。我背着一大书包的日记信件等能证明我奋斗足迹的材料，来到校长室门口，当时他们好几个人在讨论校庆的相关事宜，校长很热情地接待我。我讲我的想法，我讲我怎么找他，我讲我去沈阳的事，我讲我的录取通知书被招生办老师骗回去的事，我感觉好委屈，我哭了，边哭边展开在沈阳买回来的报纸，把带有他大照片的那版展开放在他办公桌上。我很佩服自己，哭着也能口齿清晰，表达非常有逻辑性。他看着我笑了，说："周一，周一早晨八点你还来这个办公室找我，我给你安排！"我被招生办的老师糊弄怕了，瞪着大大的眼睛质问他："校长，你说话算数吗？"不知道什么时候，校长室门口聚集了那么多老师，大家被我的话逗笑了，校长很严肃地说："算数！一定算数！你回去准备吧。"

我高兴地流着泪走出了校长室，我也看到了那天我来找校长，校长出差了，那个小领导陪检查的领导从图书馆出来看见我时跟我讲："你不用到处找校长了，你没钱不用惦记上学！"我被他激怒了，心里想：我就没钱，我偏要上学，就天天在你眼皮底下晃来晃去！他哪知道我都做了什么努力！学校也是被我的各种求助招架不住了，之前我上过电视新闻，有单位赞助我，他们要去我家看看，顺便带电视台的人，我同意了。赞助单位是有说道的，是我打工的地方上级单位，虽然买断归属个人经营，但是他们经常来，我的一个小同事的叔叔是那个单位的，那小同事来单位比我早四天，她年龄小，想家天天哭，只有我肯依着她，陪着她，所以认识了她的亲戚，包括她叔叔。之前我并不知道她的来历，只是出于关心她，谁想到我却沾了她的光，叔叔在领导那说了句话，我的赞助就被拉来了。

我没有傲气地以胜利者的姿态面对招生办老师，我依然很谦虚地很尊重地去招生办重新领取录取通知书，填写专业。我成了学校有史以来没交一分钱学费就进来上学的第一人。

我们这届学生是学校最后一届接收户籍管理的学生，我很自豪地把户口从农村迁移到了这座城市。在老家办理户口迁移时经历了好多波折，我发誓这辈子我的户口都不要再回到农村！我都不要再受限于这些人，我的户口一定一定最差最差也要留在这座城市内，如果可能我要把自己带到大连，那里有我的吴兵姐姐，有照亮我梦想的第一颗星！

凭着勇气改写人生

我只交了书本费和备品费就上了大学，手里只剩生活费，寒假前我决定不要再挣低工资！我要去大连，在沈阳时听说大连工资高，正好我可以去找通了七年信的吴兵姐姐。我依然是按信封地址找去的。姐姐的单位没有直达公交车，我在车上坐着转了好几圈。姐夫是大连人，他在电话里说家的位置，我一句也听不懂他说的啥。还不好意思问，因为他已经说了三遍。于是我觉得去姐姐公司靠谱一些。司机在下班时特意绕路把我送到了姐姐公司门口，见到了信封上熟悉的地址，我激动无比。门卫登记后，我进到接待室，接待室的哥哥没听懂我说的是啥，误以为我是姐姐的同学，刚要训我，被我听出来他误会了，就解释，他比我还激动，马上给科长打电话汇报我的事。姐姐被通知到贵宾室，我在这等她，她的同事陪她来的，她们都不知道啥事，我看到了照片上看过千百遍的熟悉的面孔，扑过去抱住她。姐姐也认出了我，我给过她一张我的一寸照片。姐姐当时就把我领家去了。到家时赶上姐姐的妈妈来看她和孩子，我直接就叫了妈，从此那个妈一直也是我的妈。

寒假我在大连找到了地方打工，虽然经历了很多波折，但是我是大学生了，我有了不一样的眼界，有了更高的视野看世界，什么人什么事都不惧怕，我只好好干工作，好好和同事处关系。开学后姐姐来信说她们公司工会组织捐款，一直资助我到毕业。我们的事迹被当地报纸报道过，姐姐的公司是日资企业，她产假过后去上班，可能面临被裁员的局面，但是我的到来，我们故事的公布，让她不但转危为安，还被区里评为三八红旗手，我们就这样开始了各自美好的人生。

大二下学期，同学都面临实习、就业的问题，我没有担心这些，反倒是更担心我的户口，我不想回农村。

2003年，我凭着赌一把的勇气把自己赌在了风口浪尖上，我遇到了我后来的丈夫，没有跟爸妈说，直接领了结婚证。我把自己留在了城市里，留在了城市的市中心位置，我奋斗的人生，从那时开始平息了，过着被他宠爱着的小日子。

可是，十几年来，我没有了锐气，没有了点火就着的脾气，悄悄地过着最简单，最平淡的生活。直到今年的9月，公公生病住院，丈夫去陪护，我才发觉我这么多年风平浪静的日子，磨掉了棱角，依然没有磨去我的锐气，我的坚强，我的智慧。读书，真的很有用，用到了生活的各个角落，点点滴滴。我不能沉默了，我要写出来，说出来，只要还有为读书吃苦奋斗的人，我的故事就会是照亮他们前行的灯，一盏希冀的灯。虽然我不能给你们带去财富，但是我带来的是真实的奋斗历程，我能做的，你也能，甚至会更好！

祝愿奋斗的人都有美丽的前途，都有魅力四射的人生！

在这本书的写作基本完成的时候，一篇题名《泪》的小学生作文，走红网络，令很多人不禁潸然泪下，被称之为"世上最为悲伤的作文"。这篇作文，出自四川大凉山的小学四年级彝族女孩——木苦依五木之手：

爸爸四年前死了。

爸爸生前最疼我，妈妈就天天想办法给我做好吃的。可能妈妈也想他了吧。

妈妈病了，去镇上，去西昌，钱没了，病也没好。

那天，妈妈倒了，看看妈妈很难受，我哭了。我对妈妈说："妈妈你一定会好起来的，我支持你，吃了我做的饭，睡睡觉，就好了。"

第二天早上，妈妈起不来，样子很难看。我赶紧叫打工刚回家的叔叔，把妈妈送到镇上。

第三天早上，我去医院看妈妈，她还没有醒。我轻轻地给她洗手，她醒了。

妈妈拉着我的手，叫我的小名："妹妹，妈妈想回家。"

我问："为什么了？"

"这里不舒服，还是家里舒服。"

我把妈妈接回家，坐了一会儿，我就去给妈妈做饭。饭好了，去叫妈妈，妈妈已经死了……

小女孩悲惨的命运，纯朴的文字，纯真的情感，深深打动了每一个善良的中国人，也重新让人看到了当地的贫穷落后，看到了中国局部地区与发达地区以及局部地区乡村与城镇之间的巨大差异。

据报道，这篇"世上最为悲伤的作文"经大量网友转发后，引来很多社会捐款，最早将作文发到网上的索玛基金会收到爱心捐款已超八十万元，志愿者们也将木苦依五木的两个弟弟和另外一个孤儿格吉日达，接到了索玛花儿童村生活学习。小木苦依五木从此将不再为照顾弟弟而发愁。在基金会的资助下，她也将不用放学后种地、喂猪，可以专注地学习。

而在有人冲动地指责国家扶贫政策的时候，凉山州政府 2012 年的报告却分明显示，当地政府仅在 2007~2012 年这五年来，就已累计投入 276.5 亿元改善民生。除政府外，活跃在大凉山的民间慈善机构有近百个，索玛基金会仅为其一，该基金会目前的户头存款就有三百多万元。大量的扶贫资金和当地贫困现状形成了鲜明对比。另有官方资料显示：2014 年全年，凉山州查获吸毒人员近万名，较 2012 年、2013 年分别增长 62%、85%，创历史新高。至 2013 年 6 月底，凉山州累计报告艾滋病感染者和病人 25608 例，占全省的 50%。

与群山里小木苦依五木村庄的贫困相比，同在大凉山地区以州府西昌为中心的安宁河谷却极为富庶，不差于国内其他地区。显然，造就大凉山山区贫困面貌的因素还有很多，高寒地带的恶劣自然条件不过是其一。不可否认的是，落后的观念，不良的习性、生活方式，再加上从 20 世纪 90 年代开始在此地肆虐的毒魔，也是非常重要的几个方面，也许是最为根本的几个方面。为改变这种状况，政府深刻认识到兴办教育的重要。据报道，仅 2014 年，该州实施农村义务教育薄弱学校改造、边远艰苦地区农村学校教师周转宿舍、新改扩建幼儿园等各类项目建设 514 个，建设面积超过 40 万平方米。全州中小学 D 级危房校舍全部拆除，72 万名学生享受"营养餐"，24.2 万名学生享受寄宿制生活补助，10.44 万名学生享受高海拔地区取暖补助，10.46 万名学前教育儿童享受保教费减免，2.42 万名学生享受普通高中家庭经济困难助学金，全州义务教育在校学生达到 72.16 万人……

从小木苦依五木身上，我们看到了，社会切切实实在行动，但我们也不能不看到，教育要彻底改变思想的贫瘠，所要走的路还很漫长。

现在，小木苦依五木姐弟在索玛花儿童村开始了新的学习和生活，但在大凉山这片美丽却又贫穷的大山里，还有更多自然条件恶劣的局部地区，还有不少跟木苦依五木一样的孩子，在忍受着贫穷，经历着苦难。"课本上说，有个地方有个日月潭，那就是女儿想念母亲流下的泪水。"这样令人柔肠寸断的文字，我相信在不久的将来，就再不会从一个小学生的作文上看到。

几个月来，我从对济南教育系统的采访过程中，感受到了社会上下，从政府、教育管理部门、学校，到每个教育工作者，为教育事业的发展所付出的辛劳，"窥一斑而知全豹"。客观地说，不论从东到西，从南到北，济南的教育发展模式具有相当的代表性。原因在于，济南执行的也是国家统一的教育制度。在济南可能遇到的问题，同时，也是在其他地方遇到的问题，比如说，有关被舆论臧否已久的学前教育。问题在哪儿呢？学前教育与义务教育的不同之处在于，它在实质上具有一种"社会福利"的意义。而常识应该是，它应具有教育性和社会公益性双重性质，作为政府，对幼儿教育负有不可推卸的责任。幼儿园应当体现社会福利功能，是当下社会应该努力的一个方向，而不是让家长们望天价幼儿园而兴叹。

在《区域基础教育均衡发展研究》（陈东生著，山东科学技术出版社，2007年8月第1版）一书中，作者指出，基础教育是从办学层次确定的，即"小学、初中和高中教育，其中包含九年义务教育和普通高中教育"。我认为，不能因为学前教育处在基础教育之外，就减弱其"教育"的性质。

放眼世界，学前教育普遍受到重视。在加拿大等发达国家，实行免费学前教育，即使那些没有实施免费学前教育的国家和地区，公立的幼儿园收费也是很低廉的。有调查显示，在英国，学前教育则是义务教育的一个阶段，招收五到七岁儿童。在法国，学前教育是初等教育的组成部分，虽不是强迫的，但免费实施，所有二到七岁儿童均可就近上学。在荷兰，学前教育也属于义务教育，招收四到六岁儿童。在以色列，幼儿园招收三到五岁儿童，五岁起即属义务教育阶段。在日本，政府已计划将幼儿教育纳入免费义务教育范围，九年制义务教育将会延长到十年至十一年。在不丹，幼儿教育也属于义务教育范围。即使在朝鲜，也有宪法规定国家对全体儿童实行一年学前义务教育……对照之下，生在中国，实在不应该出现让家长为自己的孩子上幼

儿园而犯难的事情。

目前，大量"普惠"制幼儿园的出现，说明政府所做的一切，也正是在不断地与世界先进国家看齐。除此之外，我们最应当关心的，还有孩子在幼儿园里的成长问题。有一个普遍存在的误区，是仍旧将学前教育作为基础教育向前的一种延伸。家长把孩子送到幼儿园，也是上学。所以我们看到，孩子们在幼儿园，学到了拼音，学到了数字，学到了英语。

事实上，无数教育专家的研究成果证明，鉴于学前儿童的身体发育和能力，在幼儿园的"玩耍"才对将来的成长和学习更有利。这就是说，孩子在幼儿园，是"玩"，而不是"上学"，好比说，是涂鸦，而不是画画。甚至握笔，也是怎么顺手怎么握，而不是刻意要求规范。我们的小学教育则有规定，小学三年级才开始学习英语，也是出于保护儿童的角度。我曾从报纸上看到过这样一则传闻。说是在美国，如果家长发现自己在幼儿园的孩子认识了字母，就有可能将幼儿园老师告上法庭。在山东科技出版社 2013 年出版的《育儿圣经》一书中，身兼英国皇家内科医师学会会员、皇家儿科医师学会会员、皇家妇产科医师学会执业医师、儿科保健学会执业医师等多种身份的作者托尼·沃特斯顿曾发出这样的忠告：

"尽管学前班也给孩子提供社交和学习知识的机会，但更重要的是让孩子们在安全的环境中在一起。学习正规知识是次要的，孩子不去幼儿园也不一定受什么损失，因为在幼儿园学到的技能完全可以在家中通过父母和姐姐获得，另外，还可以在公园或与邻居小朋友一起玩耍来替代幼儿园活动。如果在家中没有得到学前班所学的知识，完全可以在上学后很短的时间内获得。"

至于幼儿园教育的科学性，还有待专家充分论证，但我可以断言，除了中国的孩子多是独生子之外，把"幼儿园"造成"学校"的原因，不外乎来自家长提前为孩子所感受到的应试教育的巨大压力。这种即将在不久的将来出现的压力，使家长也更愿意孩子能在幼儿园提前学到知识，愿意看到幼儿园变成学知识的课堂。因为不愿意孩子"输在起跑线"上，家长才对幼儿园有了更多要求，而恰恰这个"输在起跑线上"的观念，大有商榷之处。

即便如此，有时候我也在不断怀疑。比如，近年热播的综艺节目《爸爸去哪儿》，让广大观众了解了不少明星大腕及其他社会成功人士的育儿方式。有一个难以驳斥的事实就是，那些在收费高昂的所谓"贵族"幼儿园接受培养的孩子，表现出来的生活能力、知识水平和生活素养，简直令人咂舌。某影视大鳄的儿子与外国人用英语自然交流，完全没有障碍，可他才是个学龄前儿童！一般学生，即便读到高中，英语的口语能力，也未必比得上他。很多学生恐怕在外国人面前，连口也张不开。

这就出现了问题，儿童在幼儿园学到知识，究竟好与不好，我确实不敢断言。

但是，我相信孔子"有教无类"的教育理想，即使到了现在的 21 世纪，也不失为一种先进的教育理想。

在美国，针对学前教育，形成了体系庞大、内容丰富的立法，《提前开始法》《家庭援助法》《儿童保育与发展固定拨款法》《早期学习机会法》《2000年目标：美国教育法》《不让一个儿童落后法》《儿童保育法案》等十几个不同层次的法律规范，共同组成了学前教育的多元化立法格局。1958 年，美国《国家安全教育法案》通过和实施。1983 年，美国国家优质教育委员会向国会提交了题为《国家处于危机中：教育改革势在必行》的报告。2002 年 1 月，一个新的教育法——《不让一个孩子掉队法案》出台。

不让一个孩子掉队！——说得好。

而且，这是法。

在中国，2000 年以后，中央提出教育均衡发展。目标，人人有学上，全国实现普通九年制义务教育。实际上，在济南，1997 年即实现了"普九"。让每一个应该上学的儿童保证都有学上，不让每一个孩子因家庭贫困而失学，已经不仅仅是梦想。"人人都有受教育的权利"，教育面前人人平等，教育没有高下贵贱之分，这种有教无类的思想，自孔子出发，历经两千五百余年，不能仍旧是一种陌生的观念，显然，它已经包含了更为丰富的内容。在《区域基础教育均衡发展研究》一书中，教育公平的概念得到了进一步的阐述。教育公平在新时代下，既是法律的要求，又是教育自身发展的要求，同时也是当前形势下的一种实践"技巧"。

只有贵族子弟才有权接受教育的时代，早已成为古老的历史。与其说教育回到了民间，我觉得不如说，现代教育充分体现了"天赋人权"。也只有在民主自由科学的现代社会，教育才能够真正完成自己的回归。

但是，教育的本质到底是什么，未必有一个统一的答案。于是，我们看到，有人主张，百善孝为先，认为这才是教育的本质；有人主张教育的本质其实应该是建立"教师为主导，学生为主体"的教学模式；曾任中华民国第一任教育总长的蔡元培则说，教育的本质在人格。他针对当时国难频仍、积弱多年的故国想到从教育后代做起，提出军国民主义教育、实利主义（历史、地理、算学、物理、博物学等）教育、公民道德教育、世界观教育、美感教育等"五育并举"，同时解释了"怎样才配做一个现代学生"的问题：

首先要有"狮子样的体力"，先有健全的身体，然后有健全的思想和事业；也要有"猴子样的敏捷"，还要有"骆驼样的精神"！

种种主张，孰更有谱？

显然，主张"百善孝为先"者，大大缩减了现代教育的内涵。在美国，教育是要告诉学生学习是自己的事，让学生自己去想，想学什么东西；中国的教育则总是要事先给学生做出各种规定，该学什么，学多少，什么时候学，该怎么学，等等。美国不太重视"基础知识"的学习，极其看重学生"创造力"的培养；而中国教育特别重视"基本功"，不重视对学生创造力和思维能力的培养。美国的学生低分高能，中国的学生高分低能。中国的教育善于给孩子一个结论，美国的教育善于给孩子一个启发，把学生教到能不断提出新问题……

你能想象在美国的考试，常是开卷，孩子们一周内交卷即可吗？你能想象美国学生每年只有一千个小时左右的在校时间吗？

中国教育，要回家。这是众多有识之士的共识。

但是，家，在哪里？这个必须得有所明确。知道了家在何处，才能判断要回家的路有多长，是远，还是近。

当我在济南市教育局亲耳听到负责同志的有关感慨时，一个朴实明快的旋律蓦然在脑海深处响起：

Almost Heaven,　West Virginia,

Blue Ridge Mountains,　Shenandoah River.

Life is old there older than the trees,

……

早晨她把我呼唤，我听到了她的声音……我感到我本应昨天就回家，昨天就回家。乡村路，带我回家，到我生长的地方——西弗吉尼亚，大山妈妈，乡村路，带我回家。乡村路，带我回家……或许这个"家"并不远，她就在那里，在原野上，大江边，小河旁，群山里，阳光下，在我们曾经走出去的地方……风，不是叹息；水，也不是眼泪，整个世界，是慈爱的大地妈妈向我们张开的怀抱，风光旖旎，温暖而安宁。

6. 启示录：一位中国校长的美国之旅

2011 年，山东省济南市二十七中校长武树滨，曾在美国马里兰大学进行了为期三个月的研修学习。在这期间，武树滨结识了马里兰大学美华中心主任戴博先生。当年看过电视剧《北京人在纽约》的观众，可能对其中的大卫还有印象。这个大卫就是戴博扮演的。

戴博是一位深通中国文化的美国人，原在美国驻中国大使馆做二秘，后又到南京大学任教多年，娶了一位中国女子作太太。三个孩子中，有两个在中国出生，其中一个在中国上了三年小学。

戴博认为，中国的基础教育总体有进步，但学校间差异很大。目前美国很多州的教育委员会，都提倡中小学多方位与中国学校开展交流活动，积极引进中国的办学理念和管理方法。

戴博先生的大儿子曾在南京上小学，老师让孩子背诵《弟子规》《大学》《三字经》等；学习数学时，背乘法口诀，记忆十以内的加减法，他认为这些是非常必要的。美国的教育不提倡学生记忆和背诵，导致很多学生的语言水平低下，基本计算能力偏弱。他的二儿子，在美国上的小学，现在已经十岁，算十以内的加减法还要用手指头！

戴博先生对武校长说，美国人重视探究和说理，要求学生形成自己的观点，不人云亦云；要求学生充分表达自己的观点，要言之有据，所以美国的孩子表现欲强，有冒险精神。武校长认为，这些很值得中国人学习。

实际上，在我们国家的基础教育改革中，特别强调的却是"探究教学"，也就是让学生自己发现问题、解决问题。这一方式是在我们传统教学中过于强调记忆与传授的背景下提出的。但是，在我们的课堂里，有的老师为探究而探究，甚至放任不管，导致课堂教学效率低下。这需要我们反思，什么样的教学更有利于培养学生？

以山东为例。

为了落实减负要求，山东省教育厅规定不允许组织统一考试，除中考外，初中不允许进行学校间的统一考试。而在美国，各州教育委员会，每年都会组织本州的统一考试，把学生英语、数学成绩作为评价学校教育质量高低的重要依据，并且在网上公布学校排名。对于学生成绩普遍偏弱的学校，可以更换校长，或进行必要的教育行政干预，质量高的学校，给予奖励。而且，美国教育部曾向国会上交提案，希望举行全国各年龄段学业水平统一考试，得到很多议员积极的回应。

戴博先生说，美国之所以重视统一考试，是因为随着经济的全球化，我们培养的人要面对世界竞争。美国的教育权在各州、各地市，教育差异在拉大，没有统一考试，就不知道各地区培养学生的实际情况，就无法检测每一个学生学习质量的高低。要求各学校达到一个统一的最低教育标准，是体现教育公平的理念。

那么，组织统一考试，利与弊，孰大？这是一个方面。

美国的老师，都是高学历，中小学中具有博士学位的老师比比皆是，但是，美国的基础教育并没有因此而变得更加优秀，其原因之一在于教师的继续教育工作明显落后于中国。美国没有校本培训，没有各级教研室，没有教研组体制，教师的教学都是单打独斗。在部分州，学校鼓励教师进行学术进修，并把它作为提高工资的重要标准。

但是，随着金融危机的曼延，各校财政吃紧，大量裁员，每位老师的工作量，在原有基础上又大幅度增加，平均每位老师每天上课五节以上，一般教授两到三门课程，还要带社团，无暇考虑专业进修。教师之间很少交流，更不可能相互听评课，所以同一学科老师教授的内容不同、进度不同、方法也不同，差异较大。但是，由于教师自身学历高，有较好的学术素养和教学研究水平，他们的备课和教育科研看起来就更专业。

戴博先生特别羡慕中国的教研组、年级组管理模式，虽然老师的学历起点不高，但是，通过工作后的培训，同事间的相互帮助与交流，教研员的督促与指导，确保了教师教学的差异减小，质量提高。

通过实地调查，武校长了解到，美国地方教育行政架构是：由地区居民投票选举成立董事会，董事会成员由一名主席、一名副主席和若干名委员组成，每人负责一个学区。由董事会任命教育局长和两名常务副局长。局长负责制定教育目标，各处室确立细则以实现这一目标。学校经费由董事会审核各学校的年度预算，通过教育财务委员会按照学生人数拨付各个学校，此外，学校有特殊项目，可以得到一定的项目经费。

美国义务教育共 13 年，比中国要长。学前一年，小学一至五年级，初中六至八年级，高中九至十二年级。学校经费由三部分组成，大部分依靠地方的地产税收入，少部分靠联邦教育经费、州所得税收入。在一些州还允许教育委员会发放债券，作为筹集教育经费的补充手段。由于教育经费的主要来源是地产税，而各学区地产税收差异很大。

2009 年，在经合组织（OECD）国家举行的 15 岁学生国际学生评估项目测试中，在参加的 34 个国家里，美国数学排第 25 名，科学排第 17 名，阅读排第 14 名。而美国基础教育资金投入平均每生为 15000 美元，教育经费投入在全世界排第四位。说明其投入与质量之间存在较大差距。

美国中学通常有四个长假期：感恩节、寒假、暑假和春假。感恩节约五到七天，寒假中包括圣诞节、新年等美国国定假期，假期长达三个星期至三个月。暑假是所有假期中最长的，约三个月。除了正常的寒、暑假之外，每年都在春季学期中间安排春假（Spring Beak），时间一般是一周，基本在 3 月份。全年算下来，中小学生通常全年上课的时间大约是 180 天，相当于 36 个星期。漫长的假期，对低收入者特别不利，他们的孩子无所事事，不能继续学习，只能看电视或玩篮球。而中产以上家庭的孩子，家长可以让孩子上各种培训班，去旅游，增长见识，无形间使孩子的差距继续拉大。

为进一步提高教学质量，政府允许多种学校并存：公立学校、私立学校、教会学校、特许学校、家庭学校等。学校的多元性、多样化，满足不同家长对教育的不同需求，促进了学校间的良性竞争。

很多人都说美国的基础教育不扎实，美国人对此也不满，希望通过全国统一的质量检测，来夯实学校共同的基础。

对此，武校长表示疑惑，为什么这个基础教育"不够扎实"的国度，却培养出了如此多的高精尖人才？

美国是个移民国家，具有多元、多样的文化背景，特别强调人的自由、平等与个性张扬，形成了相互尊重、相互包容的文化氛围。多年来，受杜威教育思想的影响，在教育中特别强调让学生成为会思考、具有批判精神的人。教师在教学中更重要的作用是引领和指导学生，不能以专家自居，更不能向学生一味地灌输知识。

教育的首要目的不是培养人才，而是培养有健全人格、懂得尊重、诚实守信的优秀公民。在这个基础上，每个人能否成为人才，成为名人，成为英雄，那是每个人自己的事情。

美国的高等教育则更重视宽基教育，不过早分专业，为学生提供多次升学机会。学生在大学本科阶段，前两年广泛学习基础课程，在学习过程中，不断审视自己、调整自己，逐步确立自己的人生职业规划。大学为学生提供多种机会，如临时性休学、开设大量选修课、允许学生同时学习多个专业课程，学生最终确定的专业往往会与自己兴趣结合，希望有更大发展。这样其在专业发展中，视野宽、后劲足，往往会取得较大的成就。

美国小学和初中的孩子学习比较轻松，没有过重的学业负担，他们可以尽情地发展自己的爱好与特长。美国学校因为班额较小，老师有充足的时间关注到每个孩子，可以与每个学生家长建立长期的联系，共同研究制定教育孩子的方式，确实做到了因材施教。美国的中小学课堂重视学生的互动学习、自主学习，教师组织学生讨论、探究，学生在游戏中学习，他们更注重学生的阅读、写作，注重演讲和辩论。

去美国之前，武校长和很多人一样，总是感觉美国的老师可能很幸福，他们应该工资高，待遇好，工作轻松愉快……来到美国之后，通过深入了解，武校长的看法逐渐改变了。

《美国教育 360 度》这本书上，有这样一组统计数字：美国公立学校的全体专职人员中，教师占 52%，后勤人员占 31.6%，教务人员占 14.6%，管理人员仅占 17.5%。由于金融危机，学校将后勤和教学辅助人员进行裁减，教师比例显著提高。教辅和后勤人员的减少，使得管理人员的压力也逐步加大，每个管理者的工作量都比原先增加了许多。武校长看到，在 Thomas W.

Pyle middles chool 参观时，Jennifer 校长手中一直拿着对讲机，不停地与其他管理者沟通交流，处理事务，不禁想到，连校长都冲到一线，何况其他人。

美国实行"教师资格制"和"教师聘任制"。中小学教师不评职称，没有职务级别之分，但分临时教师、长期教师两类。根据法律规定，教师资格证书由州教育厅颁发，教师的聘任则是由各学区教委负责。校长参与招聘、审查、面试，录用与否需报请地方学区教育委员会决定。申请教师资格的学历条件很严格。

学校对教师的要求越来越高，要求教师既要具有广博的文化积淀，又要有扎实的专业基础，并具有热爱教育希望从事教师职业的志向。目前，大部分州的中学教师，主要学科具有博士学位的人数超过专业教师的一半。较高的学历背景，使教师普遍具有学术研究能力和意识。

为了确保有一支高质量的教师队伍，美国重视对教师的考评，制定了一系列中小学教师评价标准。新教师一般每两年评价一次，老教师每五年评价一次。美国各州的教师聘约多半要求教师要接受州法所规定的考评，以作为其续聘、调动或调整工资的依据。各州一般要给考评表现不好的教师，提供改进机会。

美国的公立学校由于教育工会比较强大，学校很难对不合格教师采取清退或末位淘汰。教师被聘用后，前三年，可以根据其工作能力、工作业绩、工作态度来确立是否继续聘用。三年后，就很难再辞退教师。

教师要根据不同的学生情况备好不同的课，每天都要有教案，有的学校，校长签字才能上课，所以备课很重要。

美国教师质量的最高目标是"美国的每个儿童都有高质量的教师"。美国学校要求合格的教师必须具备五个方面的知识：学科内容知识、教学法知识、学生知识、课程知识、教育目标及价值知识。

美国教育"以学生为中心"，老师对学生的态度永远是尊重、欣赏、鼓励，决不允许讽刺打击。对于需要惩戒的学生，一般是通知学生管理处，由专人负责，教师个人不能随意体罚学生。

为使教师能全力投入工作，部分地方学区规定教师不得在外工作或兼职，否则即面临解聘或不续聘的处分。老师的收入多少是根据他的教龄来确定的，不用评职称。美国的教师没有奖金，只有工资，他们的工资一般按小时计算。每小时 20 多美元的报酬，一个月也就是 1600 多美元，一年接近 20000 美元。如果拿到教师资格，则要高一些。

美国的中小学分为公立和私立，公立学校教师受工会保护，工作稳定，工资较高，但班额大，管理难，工作繁重，压力大。私立学校教师没有工会保护，工资相对不稳定，收入较低，但班额小，管理难度低，工作环境好，压力小。

美国的教师没有强行退休年龄，一般工作 30 年，或是年龄达到 60 岁，并担任教师十年以上，就可以选择退休。但是，是否退休教师自己说了算。

武校长在美国的几个月，通过电视、报纸等媒体，通过走访家长学生、参观学校、与美国校长老师座谈，对美国的基础教育有了更深层次的了解，并撰写了《世界优质教育都是相通的——中美基础教育比较》一文。很有意思的是，武校长在文中提到，美国政客不光在政治上习惯制造"恐惧"，在他们自身的教育领域，这也是很常用的一种手法。所以，武校长意味深长地告诫我们，在分析美国基础教育时，切不能因为他们天天说自己的教育差，我们就信以为真，从而沾沾自喜。

相比之下，中国教育，要做的，实在还有很多。走出去，就会有新的眼界，这话实在不差。

祝福每个家庭和孩子，祝福中国教育！

2015 年 7 月 18 日—12 月 20 日

本书图片除署名外，均为孟宪军摄影

无署名图片与内容无关